BETTY PICCIOLI

URBEX MORTEL

POUR ÉCHAPPER AU TUEUR, FAIS LES BONS CHOIX

RAGEOT

Cet ouvrage a été imprimé sur un papier issu
de forêts gérées durablement, de sources contrôlées.

Couverture : Photo © Bogac Erkan Shutterstock ;
Design © Laurent Besson

ISBN : 978-2-7002-7971-9

Loi n° 49-956 du 16-07-1949 sur les publications destinées à la jeunesse.

PRÉAMBULE

Chère lectrice, cher lecteur,

Tu t'apprêtes à vivre une aventure singulière. Le temps d'une soirée maudite, tu incarneras Gwendoline, une adolescente de seize ans… morte il y a vingt ans ! En te glissant dans la peau de son fantôme, tu seras celui qui décidera de la suite des événements. À la fin de chaque chapitre, tes choix te permettront d'explorer le manoir de Malemort, dans un urbex… mortel. Littéralement. Feras-tu les bons choix ?

1.

19 h 05 – Hall d'entrée

C'est la première fois que je revois des adolescents de mon âge. Bien vivants.

C'est aussi la première fois que quelqu'un met les pieds dans ce manoir depuis plus de dix ans. Juste après le drame, un voisin est venu. C'est lui qui a découvert nos corps. Ensuite, il y a eu la police, les journalistes. Tout ça n'a duré que quelques semaines, puis le manoir a été abandonné pendant des années aux rats et aux pigeons. Finalement, un jour, des ouvriers sont venus pour condamner toutes les portes et fenêtres du manoir, avec des grilles, des briques et du ciment. La porte d'entrée a été fermée à clé, la clé, emportée loin d'ici. Ordre de la mairie de Malemort. Pendant tout ce temps, je n'ai fait qu'errer entre les murs du lieu où je suis morte.

Alors forcément, quand j'ai senti la présence des vivants aux portes du manoir, j'ai d'abord cru me tromper. Mais à présent que j'observe dans le hall d'entrée six adolescents en chair et en os, ça fait quelque chose. Non pas que je puisse encore ressentir quoi que ce soit. Corporellement parlant, je veux dire. Pas de palpitations cardiaques, de souffle court ou de transpiration qui coule le long de ma tempe. Mon cadavre a depuis longtemps été dévoré par les vers dans le cimetière communal de Malemort. Mais mon esprit, lui, est bien là, toujours présent. Coincé dans le manoir où j'ai été massacrée avec ma famille.

– Je continue à penser que c'est une mauvaise idée, annonce l'une des filles du groupe, aux cheveux châtains assortis à ses yeux. On n'est pas censés avoir la clé de la porte d'entrée. Si quelqu'un nous surprend...

– Relax, Alice, répond un garçon blond à la mâchoire volontaire. Personne ne vient jamais par ici... Et il va bientôt faire nuit. On est isolés du reste du monde.

Il ne croit pas si bien dire. Depuis le massacre – et encore plus avec les rumeurs qui laissent entendre que le manoir est hanté –, tous les habitants de Malemort évitent soigneusement la route menant à notre demeure, et encore plus de s'aventurer près du grand portail en fer forgé. Les plantes grimpantes et les herbes folles ont repris leurs droits dans le jardin. Le travail appliqué du jardinier n'est plus qu'un lointain souvenir. Ça me rend triste. Maman adorait son jardin.

– Bon, on va pas rester là toute la soirée, lance un autre garçon avec des lunettes. On est venus pour explorer ! Et pour filmer tout ça.

Le jeune homme brandit devant lui un genre d'écran de télévision miniature. Alors que les autres sortent de leur poche le même type d'appareil, il ajoute :

– J'espère que vous avez tous bien rechargé vos téléphones. Il nous faut le plus de vidéos possible !

Des téléphones, ça ? Je suis morte depuis si longtemps ?!

L'appareil du garçon projette une lumière intense qui éblouit le reste du groupe.

– Damien, baisse la clarté ! râle Alice.

– On capte rien, ici, lance une autre fille à l'allure soignée. J'ai même pas une barre !

Les rayons qui sortent des téléphones balayent le hall d'entrée et j'ai tout loisir d'observer un peu mieux mes visiteurs. Trois garçons et trois filles. L'une d'entre elles est plus jeune, elle semble avoir dix ans tout au plus. Les autres ont mon âge. Enfin, celui que j'avais… avant. Seize ou dix-sept ans, sûrement.

– On va à l'étage ? propose le grand blond.

– Non, Bastien ! J'ai peur, moi !

La benjamine du groupe s'accroche au bras du garçon à la mâchoire franche. À voir leurs yeux bleus identiques et leur tignasse claire, je suppose qu'ils sont frère et sœur. Mais quel genre de grand frère amène sa petite sœur dans un manoir à l'abandon en pleine nuit ? Gêné, il retire la main de la jeune adolescente de son bras. Je me rapproche de lui, jusqu'à me sentir presque vivante, collée contre son visage. Une palpitation, un mouvement dans ses cheveux. La voix dans son esprit pénètre en moi.

« J'aurais dû laisser Élodie à la maison. Papa et maman auraient pu prendre une baby-sitter… Elle va rester dans mes pattes toute la nuit ! »

Bastien recule violemment, et la communication entre nous se coupe. J'étais dans son esprit, j'ai entendu ses pensées ! C'est la première fois qu'un truc pareil m'arrive.

– Vous avez senti ça ? reprend-il.

Les autres font non de la tête, visiblement intrigués, sauf la fille apprêtée, qui lui répond, l'air agacé :

– Bastien, arrête tes conneries. J'y crois pas du tout, à ton histoire de maison hantée…

– C'est pas des conneries, je t'assure !

Elle se blottit contre lui et il ne la rejette pas. Il a même l'air d'apprécier. Le contact humain, la chaleur… ça me manque tellement.

– Bon, on avance ? lance un autre adolescent. On va pas passer la soirée dans ce hall. Il fait super froid. On n'a qu'à explorer le rez-de-chaussée avant de monter.

– Après toi, Franck, répond Bastien.

Le garçon interpellé, plus grand, plus massif que les autres, s'avance naturellement vers la porte qui mène à la bibliothèque. Il n'hésite pas une seconde. La poignée grince alors qu'il pousse le battant, et voilà qu'ils pénètrent tous vraiment dans ma maison.

Je suis le groupe dans la bibliothèque. Rendez-vous au chapitre 2.

2.

19 h 10 – Dans la bibliothèque

C'est Bastien qui pénètre dans la bibliothèque en premier. Je comprends que c'est un peu lui le leader du groupe. Sa petite amie lui tient fermement la main. Je m'approche de la plus jeune de la bande, Élodie. La petite sœur de Bastien n'est pas vraiment rassurée, mais elle suit son frère à la trace. Je me colle à ses longs cheveux blonds réunis en tresse. Ils ont l'air si soyeux. Je peux ressentir sa peur. J'aimerais pouvoir la rassurer, lui dire qu'ici il n'y a que moi, que rien de mal ne pourra lui arriver… je suis un fantôme, certes, mais un bon fantôme. D'ailleurs, je ne sais même pas si ça existe, les mauvais fantômes. Je n'en ai jamais vu d'autre. Mon père, ma mère et mon petit frère n'en sont jamais devenus. Je me suis réveillée seule ici il y a plus de vingt ans, je flottais au-dessus de mon cadavre et de celui de mes parents. Bonjour le traumatisme. Des meurtres eux-mêmes, je ne me rappelle rien. Dans mon esprit ne subsistent que ces trois corps méconnaissables, mutilés à coups de hache. Mais tout ça, la petite Élodie n'a pas besoin de le savoir.

Seuls les araignées et quelques cafards vivent ici avec moi depuis tout ce temps. La poussière et la végétation ont recouvert les traces de sang qui collent au parquet. J'ai bien tenté de partir, mais c'est impossible. C'est comme si j'étais enchaînée aux murs du manoir.

Je recule, laissant le groupe entier pénétrer dans la bibliothèque. C'était l'endroit préféré de mon père, il en avait même fait son bureau. Il pouvait rester assis des heures dans le fauteuil vert bouteille en velours. Le garçon à lunettes – Damien – s'y laisse choir, provoquant un nuage de poussière. Il braque l'écran de son téléphone sur son propre visage, et je comprends qu'il s'agit aussi d'une caméra portative. J'en suis tout excitée. Quand je suis morte, les téléphones portables avaient des touches comme des claviers d'ordinateur !

– Nous sommes le 14 octobre 2022, il est 19 h 10, et nous venons tout juste de pénétrer dans la bibliothèque du manoir de Malemort. Pour l'instant, aucun fantôme ne s'est encore manifesté et…

– On est vraiment obligés de filmer ? demande Alice.

– Ben oui, c'est l'idée. Imagine qu'on aperçoive un vrai fantôme ! On ferait des millions de vues… On deviendrait riches ! Dommage qu'il y ait pas de réseau, j'aurais fait un live.

– La seule façon de devenir célèbre avec ça, c'est de se faire massacrer en direct, lance Franck.

– C'est pas drôle, le coupe Alice.

Le garçon ne répond rien et continue à mâcher nonchalamment son chewing-gum. J'observe ses longs cheveux noirs tressés, sa veste en jean déchirée, son pantalon assorti, ses grosses baskets blanches. La mode a beaucoup changé, en vingt ans. Je préfère le style d'Alice, qui porte une jolie jupe en velours pourpre par-dessus ses bottines vernies. La jeune fille se promène dans la bibliothèque, touchant du bout des doigts les livres de maman. L'une des étagères s'est effondrée, mais les autres sont intactes. Comme si nous vivions là il y a encore quelques jours.

– Il s'est passé quoi ici ? demande soudain la petite amie de Bastien.

– Alors comme ça, la fille du maire n'est même pas au courant de l'histoire ? se moque Franck le rebelle. Pourtant, c'est toi qui nous as obtenu les clés pour entrer, Clara, personne d'autre !

– Bastien ne m'a pas donné les détails, répond-elle, sur la défensive. Il m'a demandé les clés, je les ai prises, c'est tout. Et mon père ne veut jamais qu'on parle du manoir. Il dit que ça nous porterait malheur.

Franck acquiesce, mais je soupçonne qu'il voudrait ajouter quelque chose. Pourtant, Damien l'en empêche en répondant à la question de Clara.

– Il y a vingt ans jour pour jour, la police a découvert les cadavres des quatre membres de la famille Dramont ici même, dans leur manoir. C'était une riche famille de la région, qui avait emménagé ici deux générations plus tôt et fait construire le manoir. Henri Dramont et sa femme Iris avaient deux enfants, Gwendoline, l'aînée, et Jules, un garçon de onze ans. Ils ont été retrouvés trucidés à la hache tous les quatre. La tête du petit Jules avait été arrachée et posée dans la cheminée. La mère de famille avait été démembrée. Un véritable carnage. La police n'a jamais retrouvé le coupable, qui a laissé très peu d'indices derrière lui…

Si j'avais encore du sang dans mes veines, celui-ci se serait glacé. C'est un sentiment étrange que d'écouter quelqu'un raconter l'histoire de votre mort. D'autant quand vous ne vous en souvenez pas vous-même. D'un coup, je revois devant mes yeux la tête de Jules dans la cheminée. Comme s'il me regardait. Comme s'il souffrait encore…

– Bastien, j'en ai marre… sanglote Élodie. Je veux rentrer, maintenant !

– Mais non, ça va aller, s'amuse le grand frère. Viens, on va visiter le reste du manoir.

Il pousse la porte arrière de la bibliothèque, tenant toujours fermement la main de la jeune ado, comme si elle n'était encore qu'une enfant. Clara lui emboîte le pas, juchée sur ses baskets compensées. Les autres membres du groupe, eux, demeurent dans la bibliothèque. Apparemment, ils ne comptent pas bouger d'ici. Je me demande quoi faire… C'est à moi de décider de suivre le premier groupe, ou de rester avec le second.

Je ne peux pas être partout à la fois, alors que vais-je décider ?

Je me dirige dans le salon ? Rendez-vous au chapitre 3.

Je reste dans la bibliothèque ? Rendez-vous au chapitre 4.

3.

19 h 15 – Dans le salon

Je décide de suivre Clara, Bastien et Élodie dans le salon. C'est une pièce où je vais rarement. Sûrement parce que c'est celle qui garde les plus lourds stigmates de la nuit du massacre. En vingt ans, le papier peint s'est décollé, la poussière a recouvert les meubles, des plantes ont poussé dans les interstices du parquet et des briques ont remplacé les larges fenêtres. Mais les traces de sang au sol n'ont pas bougé. Mon regard se fixe sur la cheminée, vide depuis longtemps. Pourtant c'est là que notre bourreau avait posé la tête de mon petit frère, Jules. Bastien s'avance vers elle d'un pas décidé, marchant sur des éclats de verre et sur le lierre qui a poussé là. Il semble déçu de ne pas trouver dans l'âtre des restes humains. Je sens comme une colère nouvelle monter en moi. De son côté, Élodie s'avance vers son frère.

– Bastien, j'ai trop peur. Regarde, il y a du sang par terre ! C'est pas bien, ce qu'on fait.

Le garçon se tourne vers les traces, celles du sang de ma mère. Il se met à rire.

– C'était il y a vingt ans, Élodie. Arrête de te comporter comme un bébé ! L'urbex, c'est effrayant, il faut t'y faire.

Clara s'avance vers le frère et sa sœur, et pose ses mains sur les épaules de la plus jeune du groupe.

– Bastien, c'est normal qu'elle ait peur, elle n'a que dix ans.

L'adolescent s'attendrit un peu, et sa petite amie se penche vers lui pour l'embrasser. Je m'approche du trio, comme pour profiter des ondes d'humanité qu'ils dégagent. Ce sont les pensées de Clara qui me parviennent en premier. « *... Si mon père savait que je suis ici, il serait fou de rage ! Il m'interdit toujours de traîner vers le manoir. Parfois je me demande s'il me prend encore pour une gamine ou s'il a compris qui je suis devenue. S'il apprend que j'ai pris les clés dans son bureau, ce sera pire que tout.* »

Puis tous deux brisent leur étreinte et commencent à fouiller partout dans la pièce, s'éclairant toujours avec leurs téléphones. Clara pose la clé de la porte d'entrée sur le buffet en bois de maman, celui avec les moulures en forme de vignes. Elle tente d'ouvrir un tiroir, le bois résiste. Elle y met plus de force et parvient finalement à sortir le tiroir du meuble. Elle le pose sur la table basse et commence à fouiller à l'intérieur. Cela me fait tout drôle que quelqu'un s'immisce ainsi dans les affaires de ma famille, sans que je puisse l'en empêcher. Bastien, lui, fait le tour des fenêtres condamnées. Le verre brisé crisse sous ses pieds. Avec son téléphone, il prend des photos, la plupart du temps de lui.

– C'est marrant que personne n'ait jamais pillé le manoir, remarque-t-il.

– Les premières années, les gens pensaient qu'il était hanté, rétorque Clara. Puis quand mon père est devenu maire, il a fait condamner tous les accès. Il dit toujours que cet endroit attire le diable.

Bastien émet un petit rire.

– Et tu y crois, toi, à ces histoires de diable ?

– Pas plus qu'aux histoires de fantômes.

Élodie se recroqueville sur le vieux canapé en cuir, en face de la cheminée. J'aimerais la sortir de là, loin des adolescents insensibles, mais je ne peux pas. L'instant d'après, la porte s'ouvre en grand et Damien entre dans le salon, son téléphone toujours à la main.

– Alors, il se passe quoi ici ? demande-t-il.

– Rien de bien palpitant, on fouille pour révéler tous les secrets de la famille Dramont, précise Bastien.

– Cool, ce sera toujours plus intéressant que de rester avec les deux tourtereaux dans la bibliothèque.

Au même moment, une porte claque dans le manoir. Les adolescents sursautent, puis se ressaisissent.

– C'est sûrement Alice et Franck qui sont partis en exploration tout seuls, lance Bastien, comme pour se rassurer.

Damien acquiesce mais, de mon côté, j'ai comme un doute. Est-ce une autre présence que je sens dans le manoir, en plus de celle des six adolescents ? En quelques secondes, mon impression fugace s'efface. Je tourne le regard vers la porte de la bibliothèque, restée entrouverte. À moi de décider si je reste ici avec le groupe des fouineurs, ou si je préfère retourner voir ce qui se passe entre Franck et Alice…

Je reste dans le salon ? Rendez-vous au chapitre 5.

Je retourne dans la bibliothèque ? Rendez-vous au chapitre 6.

4.

19 h 15 — Dans la bibliothèque

Je demeure dans la bibliothèque avec Alice, Franck et Damien. Ce dernier continue de filmer autour de lui alors qu'Alice promène ses mains sur les rayons de la bibliothèque.

– Tu vas vite tomber en rade de batterie, commente Franck.

– Non, c'est le dernier modèle de Samsung. Il a presque 48 heures d'autonomie.

Franck acquiesce, mais je ne suis vraiment pas sûre qu'il s'intéresse au téléphone de Damien. Le rebelle de la bande s'approche d'Alice, qui a sorti un livre des étagères. Je ne peux m'empêcher de les suivre. Le cœur de la jeune fille bat fort alors que Franck en caresse la reliure.

– *Frankenstein* ? Tu l'as déjà lu ? demande-t-il.

– Non, jamais, mais il paraît que c'est génial. Mary Shelley a inventé la science-fiction, quand même !

Franck acquiesce et tourne les pages du vieux livre relié dans les mains d'Alice. Je sens comme un frisson me parcourir. Un frisson d'excitation. J'observe les mains des deux adolescents se frôler, innocemment. Ils flirtent ! Je n'avais pas assisté à ce genre de choses depuis si longtemps...

– Personne ne t'en voudra si tu le prends, déclare Franck. Comme ça, tu pourras le lire chez toi.

– Je ne vais quand même pas le voler...

– Le voler à qui ? Cette maison est abandonnée depuis des années. Personne ne viendra le réclamer.

À contre-cœur, la jeune fille acquiesce et fourre le livre dans son sac à dos. Damien n'en perd pas une miette avec son téléphone.

– Si on m'avait dit un jour qu'Alice Durieux deviendrait une délinquante !

– Arrête, Damien, c'est pas vrai...

– Franck déteint sur toi !

– Tu deviens aussi chiant que Bastien, coupe Franck.

Le garçon à la caméra hausse les épaules. Je ressens une forme de tension entre tous les trois, à présent.

– N'empêche que sans lui, on n'aurait jamais atterri ici ce soir, rétorque Damien.

– Et ça aurait peut-être été pas plus mal, commente Alice. On ne devrait pas être ici. L'ambiance est lugubre et on ne sait même pas si la structure du manoir est solide... Si ça se trouve, tout va s'effondrer sous nos pieds ! C'est super dangereux. C'est pas pour rien que la mairie a fait condamner ce manoir.

– Va dire ça à Bastien, plaisante Franck. À force de regarder des vidéos d'urbex sur YouTube, ça lui est monté à la tête.

– Arrêtez de tout lui mettre sur le dos, commente Damien. Si vous ne vouliez pas venir, il suffisait de le dire. Personne ne vous a obligés !

Les deux autres ne lui répondent rien. Je sens toujours le cœur d'Alice battre fort dans sa poitrine, alors je m'approche un peu plus d'elle. Elle est prise d'un frisson, mais je reste. Ses pensées tambourinent dans son esprit, je dois me concentrer pour les entendre distinctement. « *... Tout ça pour impressionner Franck. J'aurais pas dû venir, et si mes parents apprennent que je suis là, je vais être punie jusqu'à l'été, pas de sortie, rien... Pourquoi il faut toujours que je les suive partout ? J'ai vraiment aucune personnalité...* »

– Bon, vous venez ? lance Damien. On va pas rester ici toute la soirée. On est venus pour explorer, alors explorons.

Les deux autres s'observent un instant. Une occasion d'être seuls ici tous les deux se présente, ils ne vont pas la laisser passer, je le sens.

– Moi, je reste encore un peu pour regarder les livres, annonce Alice.

– Et moi je... je vais pas laisser Alice toute seule.

Damien sourit.

– Vous êtes très mignons, tous les deux. Mais ne traînez pas trop quand même, on a toute la maison à explorer.

Sur ces paroles, il pousse la porte qui mène au salon, rejoignant ainsi le reste du groupe. À moi de décider ce que je veux faire, à présent. Rester avec les deux romantiques, ou rejoindre le reste du groupe ?

Je me rends dans le salon ? Rendez-vous au chapitre 5.

Je reste dans la bibliothèque ? Rendez-vous au chapitre 6.

5.

19 h 20 — Dans le salon

Je laisse la porte de la bibliothèque se refermer sur Alice et Franck. Damien, lui, a rejoint Clara, Élodie et Bastien. Armé de son téléphone, il inspecte avec eux le buffet et toute la pièce à la recherche des « secrets de la famille Dramont ». La vérité, c'est que je ne suis pas persuadée que nous avions des secrets. Mes parents s'aimaient, ça, j'en suis certaine. Ils ne se disputaient presque jamais. Je me rappelle les avoir entendus échanger quelques messes basses de temps en temps, mais avaient-ils réellement des secrets ? Nous étions une famille heureuse, jusqu'à ce soir d'octobre où tout a basculé. Rien ne nous prédisposait à disparaître ainsi. Je n'ai jamais eu peur pour ma vie et mes parents non plus.

– C'est que du bazar et de la paperasse, affirme Bastien avec déception. Il n'y a pas de quoi s'extasier.

– Vous croyez qu'ils font quoi, à côté ? demande soudain Alice.

– Ils doivent être en train de se choper, affirme Bastien.

– Ah ouais, tu crois ? répond sa petite amie.

Elle s'approche de lui doucement et lui vole un baiser. Je sens une nouvelle tension parcourir la pièce. Elle émane de Damien, et je ne peux m'empêcher de m'approcher de lui. Il y a de la jalousie en lui, je la ressens. Je me colle à son corps pour mieux sonder son esprit. Dans un premier temps, je n'arrive pas à pénétrer ses pensées, ses émotions sont trop intenses, elles forment comme un bouclier autour de lui. Alors je me concentre, comme si mon esprit était une lame prête à trancher le sien.

« *J'aimerais être à sa place. Je mérite d'être à sa place.* »

Est-ce que Damien est jaloux, est-ce qu'il est amoureux de Clara ? Je sens qu'il y a quelque chose d'autre derrière tout ça. Je continue de forcer pour le découvrir.

« *Je n'arriverai jamais à avouer tout ça à Bastien. Il ne saura jamais ce que je ressens pour lui.* »

Ma surprise m'arrache à ses pensées, et c'est comme si toute la pièce se mettait à trembler. Je ne peux me retenir, je sens comme une force me quitter violemment. Elle se répercute sur les murs telle une déflagration.

– Clara, attention ! hurle Damien.

La jeune fille s'écarte *in extremis* alors que le grand lustre du salon, fragilisé par les fissures et le temps qui passe, s'écrase au sol. Des centaines d'éclats de verre et de métal sont propulsés dans les airs.

– Clara ! Clara, ça va ?

Bastien se précipite sur sa petite amie pour l'aider à se relever. Si j'avais encore un cœur, je sais qu'il tambourinerait dans ma poitrine comme rarement. Élodie se met à pleurer.

– Bastien, je veux rentrer…

Au même moment, Alice et Franck arrivent dans la pièce, alertés par le bruit. Tout le monde reprend ses esprits, moi y compris. La catastrophe a été évitée de justesse…

Rendez-vous au chapitre 7.

6.

19 h 20 — Dans la bibliothèque

Alice et Franck sont vraiment adorables. Le rebelle de la bande devient tout timide face à la discrète jeune fille. C'est comme si le tempérament de feu que je perçois en lui se calmait au contact d'Alice. Elle, de son côté, ne se rend pas compte que le jeune homme l'apprécie beaucoup. Entre ces deux-là, il y a une aura de romantisme que je peux ressentir dans toute la pièce. Je prends plaisir à les observer alors qu'ils se promènent entre les étagères de la bibliothèque.

– T'as compris quelque chose au cours de maths de Balivert ce matin ? demande soudain Franck.

– M'en parle pas ! C'était vraiment le pire cours depuis le début de l'année ! J'ai cru que j'allais m'endormir !

Franck acquiesce et les deux amis continuent d'échanger des banalités. Je ne me rappelle pas la dernière fois que j'ai flirté avec quelqu'un… En fait, peut-être que je n'ai jamais flirté avec personne. J'avais quinze ans quand je suis morte et j'en pinçais pour Loïc, un garçon de ma classe. Je n'ai jamais eu la chance de le lui dire ou de le lui montrer.

– Oh, regarde, ça a l'air trop bien ! s'exclame Alice.

Elle extrait des rayonnages un ouvrage de poche tout écorné, à la couverture chatoyante. Je reconnais immédiatement mon livre préféré, que j'ai lu et relu à n'en plus finir.

– C'est quoi ? demande Franck.

– C'est *Le Sorcier et la Montagne de feu*, un livre dont vous êtes le héros, je sais pas si tu connais... ? En vérité, c'est le premier livre dont vous êtes le héros jamais publié. Mon groupe de *Donjons et dragons* et moi, on l'a lu ensemble...

– Tu joues à *Donjons et dragons* ?

– Ouais... Je sais ce que tu vas dire, c'est un truc de geeks.

– Pas du tout, je... C'est bien d'avoir des passions dans la vie !

– Tu devrais venir essayer, un jour.

Comme Alice, j'ai adoré lire ce livre. Je n'ai jamais joué à *Donjons et dragons*, mais lire un livre dont vous êtes le héros encore et encore m'a donné la sensation de vivre une histoire différente à chaque lecture. Comme si je défiais le destin. Plutôt ironique, pour une fille qui s'est fait trucider à quinze ans.

Au même moment, une porte claque dans le manoir. Les adolescents sursautent, puis se ressaisissent.

– C'est sûrement Bastien et les autres qui sont allés explorer le reste du manoir, lance Franck, comme pour se rassurer.

Alice acquiesce mais de mon côté, j'ai un doute. Est-ce une autre présence que je sens dans le manoir, en plus de celle des six adolescents ? En quelques secondes, mon impression fugace s'efface, alors qu'Alice parcourt la suite de l'étagère et s'arrête sur la tranche d'un livre qui semble dépasser. Elle la tire vers elle et dévoile tout autre chose. Une carte postale coincée entre deux ouvrages.

– Franck, regarde ce que j'ai trouvé.

Je m'approche des deux adolescents pour mieux voir.

– Une carte postale ? s'interroge Franck.

C'est curieux. Ils observent la carte et j'ai tout loisir de faire de même. Elle est adressée à mon père. Elle me dit quelque chose, et pourtant je n'en ai pas souvenir. Elle représente un enfant, un petit garçon seul, de dos. Pourquoi ai-je l'impression que cette carte a un rapport avec ma mort ? Alice lit à voix haute ce qui est écrit au dos.

– « Bientôt. » C'est tout ?

Ce mot tracé au marqueur rouge me procure une angoisse immense. Je me plaque contre le mur, tentant de m'éloigner le plus possible de la carte.

La bibliothèque se met à vibrer. Alice et Franck se serrent l'un contre l'autre, apeurés. Une seconde plus tard, le silence est brisé par un énorme bruit provenant du salon, et des cris qui s'enchaînent. Franck et Alice sursautent, avant de se précipiter vers la pièce principale. Inquiète comme eux pour leurs amis, je décide de les suivre.

J'avance dans le salon. Rendez-vous au chapitre 7.

7.

19 h 25 — Dans le salon

Clara se remet comme elle peut de ce qui vient de lui arriver. Le lustre du salon a bien failli lui tomber dessus ! L'agitation règne pour la première fois de la soirée. Même moi, je ressens le stress et la peur du petit groupe. Ai-je causé l'écrasement du lustre à cause de mon énergie spectrale ? Je n'ose pas y croire...

– Clara, tu vas bien ?! s'enquiert Bastien en prenant sa petite amie dans ses bras.

– Ça va, mais... mon portable s'est cassé dans ma chute.

Elle brandit sous les yeux des autres l'appareil, dont la vitre est cassée de part en part. Il est visiblement inutilisable.

– Comment le lustre a pu tomber comme ça ? demande Alice.

– La structure du manoir est probablement en mauvais état, explique Franck. Je me demande si ce n'est pas vraiment dangereux de rester ici.

– Non, je ne crois pas que le problème vienne du manoir…

Tout le monde se tourne vers Damien, qui vient de parler d'une voix pleine de terreur. Les yeux rivés sur l'écran de son téléphone, il visionne les images qu'il a enregistrées pendant l'incident.

– Venez voir. C'est flippant.

Les autres ne se font pas prier et se pressent contre lui. Moi, je me place au-dessus de leurs têtes. Damien replace le curseur au début de la vidéo, et les images apparaissent. Alors qu'il filme Bastien en train de fouiller dans la pièce, on aperçoit à gauche de l'écran le lustre se décrocher, puis tout le monde crier. Mais je comprends rapidement ce qui a attiré l'attention de Bastien. En haut au milieu de l'image apparaît comme un éclair aux reflets bleutés, qui se répand le long du plafond et atterrit tout droit sur le filin retenant le lustre. Celui-ci se brise en tombant. Damien montre les images aux autres une deuxième fois. Je pense que c'est bien moi qui ai provoqué cet éclair.

– Vous croyez que c'est… un fantôme ? murmure Alice.

– Oui ! C'est génial ! répond Bastien. Un manoir hanté, c'est encore mieux qu'un simple urbex !

Sa petite sœur se blottit dans les bras de Clara, qui tremble de la tête aux pieds.

– Je veux vraiment rentrer, s'il vous plaît… supplie la fillette.

– On va rentrer, répond Clara. Bastien, c'est plus possible, là…

– Attendez, on a la chance de voir un fantôme en vrai ! C'est une occasion inespérée ! On est venus pour ça, non ?

– C'est plus drôle du tout, rétorque Clara. J'ai failli mourir !

– Mais tu vas bien ! Et maintenant que le lustre est tombé, rien de grave ne peut nous arriver, rétorque Bastien. On devrait en profiter pour faire une vraie séance de spiritisme !

– Hors de question ! répond Clara.

– Qui en a envie ? continue Bastien. Ni toi ni moi ne sommes seuls à décider, Clara.

Bastien prend à partie le reste de la bande. D'abord, personne ne dit rien, puis Damien lève timidement la main. Alice et Franck ne répondent pas tout de suite, jusqu'à ce que Franck se décide à dire oui à la proposition de Bastien.

– On ne vit qu'une fois, argumente-t-il. Alice, tu me suis ? C'est un peu comme une partie de *Donjons et dragons*, en fin de compte.

La jeune fille fait d'abord la moue mais, sous la pression des autres, finit par céder. Clara semble excédée. Élodie, elle, est morte de trouille.

– Comme vous voulez ! lance Clara.

Mais on entend la fureur dans sa voix. Bastien rigole, visiblement peu impressionné par le regard menaçant de sa copine.

– Allez, asseyez-vous en cercle par terre. On va se tenir la main. C'est comme ça qu'ils font dans les films, non ? Éteignez vos téléphones, sauf Damien. Il faut qu'on soit dans le noir le plus complet. Et qu'aucune onde ne vienne perturber les communications avec l'au-delà.

Les autres le suivent, et je me demande pourquoi ce garçon a tant d'autorité sur le reste du groupe. Il y en avait un comme ça dans ma classe aussi, au lycée. Je ne me souviens plus de son nom, mais il prenait toujours tout l'espace en cours. La moitié des filles se pâmaient devant lui… Je n'ai jamais compris ce qu'elles lui trouvaient.

Bastien tend la main vers Franck et Alice qui, à contrecœur, éteignent leur téléphone à leur tour. Les voilà à présent dans le noir complet, à l'exception de la lumière émise par le téléphone de Damien.

Les cinq adolescents chassent du pied les éclats de verre qui jonchent le sol. Puis ils s'installent en cercle sur le sol poussiéreux. Élodie n'a pas tellement d'autre option que de les imiter. Je me demande bien ce que leur séance de spiritisme va avoir comme effet sur moi…

Je reste dans le salon. Rendez-vous au chapitre 8.

8.

19 h 30 — Dans le salon

– Esprit, es-tu là ? Est-ce que tu nous entends ?

Je ne sens aucun changement en moi alors que Bastien se concentre, les yeux fermés comme le reste de ses camarades. En cercle et assis en tailleur, ils se tiennent tous la main dans la pénombre du salon. Même Élodie a accepté de se prêter au jeu, bien que je voie d'ici ses lèvres trembler. Damien a posé son téléphone sur le sol au milieu du cercle et filme le plafond. Avec le simple éclairage de l'écran, bleuté et faible, c'est vrai que la scène pourrait faire penser à une authentique séance de spiritisme.

Le silence se fait parmi eux pendant quelques instants, mais je ne ressens toujours rien. Je crois que ce qui m'attire à eux, ce qui cause ces manifestations de mon moi fantomatique dans le vrai monde, celui des vivants, c'est justement mon attirance pour la vie. Cette vie humaine, ces cœurs palpitants, ces cris, ces pleurs, ces rires, ces émotions, cela m'attire car c'est tout ce que j'ai perdu. Les voir ainsi, assis calmement, n'a aucun effet sur moi. Mais Bastien reprend la parole.

– Esprit, nous savons que tu as traversé... que vous avez tous traversé un drame impossible. Nous voulons que vous nous le racontiez.

Il presse la main de Damien dans la sienne, qui comprend qu'il doit parler à son tour.

– Nous invoquons la famille Dramont. Henri, Iris, Gwendoline et Jules... Venez nous rencontrer.

J'aimerais qu'ils arrêtent ici cette mascarade, mais Bastien presse plus fort la main de Damien pour qu'il continue.

– Henri Dramont, es-tu là ? Tu es mort dans ton bureau, on a retrouvé ton corps, une hache plantée dans le torse.

Je sens une tension monter en moi, je voudrais me boucher les oreilles, mais je ne peux pas. Je ne peux pas arrêter d'entendre ce qu'ils ont à me dire. Damien continue de parler.

– Iris Dramont, viens à nous. Tu t'es réfugiée dans ta chambre, mais tu n'as pas pu échapper au tueur. Il t'a trucidée avant de te démembrer et de déposer toutes les parties de ton corps sur le lit. Les draps blancs étaient maculés de sang.

Une boule au goût de soufre monte en moi, comme si soudain je retrouvais mes cinq sens. C'est impossible, je ne peux pas goûter, ni sentir... Mais je revois le corps de ma mère. Il est resté là trop longtemps sur le lit. Je me rappelle ses mains si fines, sa bague de fiançailles. Et ses longs cheveux noirs sur son visage. Comme si elle dormait seulement.

– Gwendoline Dramont. Toi, tu es morte dans le grenier. Tu t'es réfugiée là-haut après que le tueur t'a poursuivie dans toute la maison. Tu as été la dernière à mourir. Jules, tu as été décapité et le tueur a posé ta tête dans la cheminée.

Une douleur immense m'envahit. Je ne perçois plus rien autour de moi, tout n'est qu'un immense halo blanc aveuglant. Je me revois courir dans l'escalier menant au grenier. J'entends les pas du tueur derrière moi. Je me cache, mais…

Je reprends conscience et me rends compte que, sans le vouloir, j'ai fait trembler les murs. Tout le groupe s'est levé, complètement paniqué. Élodie se jette dans les bras de son grand frère en pleurant.

– Bastien, j'ai la trouille ! Je veux rentrer !

– Élodie, arrête de jouer les bébés ! Les murs ont juste tremblé ! Tu vas pas nous gonfler et gâcher la soirée de tout le monde, non ?

– Bon, Bastien, ça suffit, maintenant !

Clara a haussé le ton et son petit ami en est tout étonné.

– Clara a raison, renchérit Franck. Ta petite sœur est terrorisée et même moi, je suis pas rassuré. À un moment, si ça devient dangereux, il faut partir. Si tu veux rester ici, c'est ton choix, mais on n'est pas obligés de te suivre dans ton délire d'urbex.

Le rebelle de la bande attrape la main d'Élodie, qui ne se fait pas prier pour se réfugier près de lui. Il saisit son téléphone resté au sol et allume la torche.

– Alice, tu viens ? demande Franck.

La jeune fille acquiesce, et tous les trois partent vers le hall d'entrée, bien décidés à s'échapper de cette soirée. Clara et Damien semblent hésiter, mais je devine que leur loyauté envers Bastien est trop grande.

– Bah, laissez-les partir, rétorque Bastien. On s'amusera mieux sans eux.

Ils acquiescent, un peu à contrecœur. Damien reprend son téléphone, prêt à filmer de nouveau tout ce qui se passe autour de lui. Moi, je dois faire un choix. Rester avec Bastien et sa bande ici, ou rejoindre Alice et les autres dans le hall…

Je reste dans le salon ? Rendez-vous au chapitre 9.

Je rejoins le hall d'entrée ? Rendez-vous au chapitre 10.

9.

19 h 35 — Dans le salon

– Damien, je peux faire des photos avec ton téléphone ? demande Bastien. Le mien tient pas la charge. J'arrive pas à le rallumer…

– Euh oui, attends, je te le déverrouille.

Le bellâtre de la bande arrache presque le portable des mains de son ami et se laisse choir sur le canapé.

– Tant qu'à être ici, autant en profiter. Il faut qu'on ait des preuves ! Clara, tu viens ?

La jolie brune boude un instant, mais finit par rejoindre son petit ami sur le canapé. Je m'approche d'elle, me demandant ce qu'elle peut bien penser à cet instant précis. Je ne voudrais pas provoquer une nouvelle réaction spectrale, mais je crois qu'en me collant simplement à elle, je peux percevoir ses pensées. Clara est saisie d'un frisson mais ne semble pas gênée par ma présence.

« *S'il croit que je vais le laisser m'amadouer comme ça… Mais en même temps, j'adore le fait qu'il n'ait jamais peur de rien. C'est comme ça que je suis tombée amoureuse de lui…* »

Elle finit par céder et vient s'asseoir près de Bastien sur le canapé, soulevant un nuage de poussière. Il la serre contre lui et l'embrasse sur le front.

– Je te protège, moi, lance-t-il. Il ne va rien t'arriver tant que je suis là ! J'ai regardé des tas de vidéos d'urbex, je sais comment gérer.

Il place la caméra au-dessus d'eux et filme un baiser entre eux. Damien les observe, les lèvres pincées. Maintenant que je le vois comme ça, je n'ai plus vraiment de doute. Il est amoureux de Bastien mais n'ose pas le lui avouer, c'est certain…

– Bon, on va pas rester là toute la soirée, s'exclame finalement Bastien. On a d'autres pièces à explorer ! C'est quoi, là-bas ?

Il pointe la chambre du fond, celle des invités, qui servait aussi de débarras aux affaires de couture de maman. Les trois amis s'y dirigent, mais je me demande ce qui se passe dans le hall d'entrée. Je ressens la présence d'Alice et des autres dans la cuisine, à quelques mètres seulement. Bizarre. Je pensais qu'ils voulaient quitter le manoir…

Je me dirige vers la chambre d'amis ? Rendez-vous au chapitre 11.

Je rejoins la cuisine ? Rendez-vous au chapitre 12.

10.

19 h 35 — Dans le hall d'entrée

Alice, Franck et Élodie marchent d'un pas décidé vers le hall d'entrée et je les suis. Je comprends qu'ils veuillent fuir le manoir, même si j'aurais aimé qu'ils restent plus longtemps. Ils me sont bien plus sympathiques que Bastien et ses suiveurs… Mais je ne veux pas voir Élodie souffrir davantage.

Dans le hall, Franck attrape la poignée de la porte. Mais celle-ci est bloquée et la porte semble verrouillée. Je sens la tension monter dans la pièce, une peur inexplicable envahit les trois adolescents.

– C'est fermé, annonce Franck. Je ne comprends pas, Clara avait laissé ouvert, pourtant.

– Peut-être que la porte s'est verrouillée toute seule ? se hasarde Alice. Ou bien Clara l'a fermée par automatisme et a gardé les clés…

Franck lève un sourcil incrédule. Les trois adolescents balaient tout de même la pièce du regard, cherchant d'éventuelles clés.

Le garçon, agacé, tente à nouveau d'ouvrir la porte. Cependant, même en y mettant toutes ses forces, il n'y parvient pas. Alice continue à chercher autour d'elle avec la lampe torche, en vain. Élodie se blottit un peu plus contre elle, je sens sa peur se cristalliser.

– Mais comment on va sortir ? demande-t-elle.

Les deux autres s'observent un instant, dépités.

– Je parie que Bastien les a reprises et qu'il nous fait marcher, conclut Franck. Quel chieur, ce mec…

– Mais on ne devrait pas avoir besoin de lui pour sortir ! s'exclame soudain Alice. Dans ce genre de manoir, il y a toujours une porte à l'arrière. Derrière la cuisine, par exemple ?

– Excellente idée, oui ! Allons voir ça ensemble.

Le petit groupe se dirige vers la salle à manger, qui donne directement sur la cuisine au fond du couloir. Nous sommes tout proches de la chambre d'amis, derrière le salon, où je ressens la présence du reste du groupe. Je dois une nouvelle fois décider qui j'ai envie de suivre…

Je me dirige vers la chambre d'amis ? Rendez-vous au chapitre 11.

Je rejoins la cuisine ? Rendez-vous au chapitre 12.

11.

19 h 40 — Dans la chambre d'amis

Bastien, Clara et Damien ont pénétré dans la chambre d'amis. Le lit double est taché de poussière, le matelas s'est affaissé avec le temps. Je viens rarement au rez-de-chaussée, me contentant la plupart du temps de hanter le premier étage. Comme dans mes souvenirs, une partie de la pièce est encombrée par les affaires de ma mère. Sa machine à coudre, un tabouret, des boîtes remplies de fils multicolores et de tissus. Ma mère adorait coudre, elle m'avait fait une robe d'été quelques semaines avant notre mort, dans un vichy rose. Elle disait que c'était l'inspiration de sa jeunesse dans les années 1980. Je n'ai pas pu la porter, car l'été 2003 n'est jamais arrivé pour moi. Quand je vois les vêtements de ces adolescents, leurs téléphones portables, je me rends compte à quel point le temps a passé. Vingt ans. Je me demande qui est président de la République. Pas que cela m'intéressait vraiment quand j'étais encore en vie, du haut de mes quinze ans. Mais aujourd'hui, cela me donnerait un ancrage dans le présent.

Clara commence à fouiller dans les affaires de maman, alors que Bastien et Damien se laissent tomber sur le lit. Damien sourit à son ami de toutes ses dents et ils commencent à parler des cours au lycée. Il n'y a vraiment aucun doute possible. Damien en pince pour son meilleur ami.

– Finalement, y avait pas à avoir peur de cette maison, commente Bastien. Il ne se passe rien.

– Les murs qui tremblent, les éclairs, le lustre qui se décroche, les images que j'ai filmées... répond Damien. Le manoir est clairement hanté.

– On se monte peut-être la tête avec tout ça. Si ça se trouve il y a une explication très logique. Mais c'était marrant.

– Les garçons, regardez ce que j'ai trouvé, les interrompt Clara.

Elle brandit sous leurs yeux une carte postale dénichée à côté de la machine à coudre de ma mère. Dessus, une vieille photo d'une maison en bord de mer. Une sensation étrange m'envahit. Comme une impression de déjà-vu.

– Il n'y a pas d'expéditeur ou de signature, commente Damien.

– Il y a juste un mot écrit au marqueur rouge, précise Clara. « Bientôt ».

– Vous croyez que quelqu'un faisait chanter la famille Dramont ? interroge Bastien.

– Je sais pas, mais c'est flippant. Clara, montre la carte postale à la caméra.

La jeune fille s'exécute, puis dépose l'objet sur un rebord de la table de couture. Et comme par enchantement, les trois adolescents oublient son existence. Moi, je me sens mal, tout à coup. Cette histoire me rend fiévreuse. Je reste plantée là, à la regarder, à l'observer sous tous les angles... Et si Bastien disait vrai ? Et si quelqu'un nous avait fait chanter ? Je fouille dans ma mémoire à la recherche d'un souvenir. Je ne savais pas que ma mère avait reçu une carte postale. Il y en a peut-être encore d'autres. Moi aussi, j'en ai sûrement reçu une. Elles forment certainement un puzzle, une clé pour découvrir ce qui nous est arrivé ce soir-là.

– Damien, tu veux pas aller explorer la salle de bains ? On aimerait rester seuls cinq minutes, Clara et moi.

L'adolescent semble particulièrement dérouté que son ami lui fasse cette demande. Je la trouve moi-même humiliante, mais Bastien a l'air de fonctionner ainsi, et ses amis les plus proches ne s'en offusquent pas. Ou pas à haute voix... Damien récupère son téléphone et part explorer tout seul la petite salle de bains attenante à la chambre. Bastien et Clara commencent à s'embrasser sur le lit. L'adolescent a les mains baladeuses, mais sa petite amie l'empêche d'aller trop loin. Vraiment, plus la soirée avance et plus je trouve ce garçon antipathique. Et quand je pense au pauvre Damien qui attend dans la salle de bains…

Mais un bruit lourd se fait entendre dans le salon. Clara et Bastien s'arrêtent immédiatement. Je me suis laissée divertir par le triangle amoureux. Mais maintenant que je me concentre, je ressens la présence de Franck, Alice et Élodie dans la cuisine. Ils étaient censés partir ! Et… on dirait bien qu'il y a quelqu'un d'autre dans la maison. Je ne sais pas pourquoi, mais cette personne m'est familière. Pourtant, une intuition me dit que je ne veux pas me confronter à elle.

– C'était quoi ça ? demande Clara en se blottissant contre Bastien.

– J'en sais rien…

Au même moment, Damien revient dans la chambre à pas de loup.

– J'ai entendu un bruit, murmure-t-il. Pas vous ?

– Si, répond Bastien aussi bas. Pourtant les autres ont déjà dû partir de la maison… Restez là, je vais voir ce que c'est.

– Non ! s'exclame Clara. N'y va pas !

– On a dit que je te protégeais, tu te souviens ?

Il l'embrasse sur le front en rigolant. Clara et Damien, eux, sont inquiets. Moi aussi. Personne n'a franchi le seuil de la maison en vingt ans, et coup sur coup le manoir a droit à deux visites ? Je n'ai jamais vraiment cru aux coïncidences.

Bastien ouvre la porte et se faufile à l'extérieur, dans le salon. À moi de décider si je le suis ou si je reste ici.

Je reste dans la chambre d'amis ? Rendez-vous au chapitre 13.

Je rejoins le salon ? Rendez-vous au chapitre 14.

12.

19 h 40 — Dans la cuisine

Dans la cuisine, Franck, Alice et Élodie ont la désagréable surprise de découvrir que la porte du fond a été entièrement murée, tout comme les fenêtres. Pourtant, elle aurait été la meilleure sortie possible. Je commence à ressentir leur panique, à mesure qu'ils découvrent qu'ils sont pris au piège du manoir. Mais pourquoi ? Comment est-ce possible ? Ai-je lancé une malédiction sur eux sans le vouloir ?

– J'ai l'impression qu'on est coincés ici, déclare Alice. C'est pas possible ! J'aurais jamais dû accepter de venir !

– Eh, attends, calme-toi, la rassure Franck. Il y a forcément un autre moyen de sortir, c'est pas possible. Si c'est Bastien qui a les clés, on va l'obliger à nous les rendre, d'accord ?

Il pose la main sur l'épaule d'Alice, qui acquiesce, les bras croisés sur sa poitrine. Élodie, elle, reste silencieuse, mais je sens sa peur. J'aimerais pouvoir la rassurer.

– C'est qu'une mauvaise blague, j'en suis sûr, dit Franck, comme pour se persuader.

– Il y a un escalier ici, ajoute Élodie.

Elle montre du doigt les marches menant à la cave, où nous stockions toutes les réserves de nourriture et les bonnes bouteilles de vin de mes parents.

– Alors je sais pas vous, mais moi, j'ai aucune envie de descendre à la cave, annonce Alice.

– Moi non plus, j'avoue, lance Franck. Ce sera pour plus tard, si on trouve pas mieux. Venez, on va affronter Bastien.

Les deux filles acquiescent, et tous les trois marchent jusqu'à la salle à manger. De mon côté, je ne sais pas si je dois les suivre, car je sens qu'autre chose se trame dans le manoir. Je crois ressentir la présence d'un nouvel humain… Mais est-ce vraiment possible ? Personne n'a franchi le seuil de la maison en vingt ans, et coup sur coup le manoir a droit à deux visites ? Je n'ai jamais vraiment cru aux coïncidences.

Bastien est dans le salon juste à côté, avec l'intrus. Clara et Damien sont dans la chambre d'amis. Vers qui vais-je aller ?

Je vais dans la chambre d'amis ? Rendez-vous au chapitre 13.

Je rejoins le salon ? Rendez-vous au chapitre 14.

Je reste dans la salle à manger ? Rendez-vous au chapitre 15.

13.

19 h 45 — Dans la chambre d'amis

Dans la chambre d'amis, l'ambiance est pesante entre Clara et Damien. Quand Bastien n'est pas là, ces deux-là semblent avoir du mal à s'apprécier. Et pour cause, ils sont tous les deux amoureux du leader de la bande. Damien astique l'écran de son téléphone pendant que Clara attend sagement devant la porte.

– Tu crois qu'il va vite revenir ? chuchote-t-elle.

– Mais oui, t'inquiète, la rassure Damien.

Elle ne semble pas vraiment apaisée. C'est comme si elle avait quelque chose d'autre à lui dire. Son cœur est lourd, je le sens d'ici. Soudain, elle ouvre la bouche et les mots sortent tout seuls.

– Tu l'aimes, pas vrai ?

– Qu'est-ce que tu racontes ?

– Ça se voit. T'es amoureux de Bastien. Et jaloux de moi.

– Tu délires complètement ! Je ne suis pas… J'aime les filles, d'abord. Et puis, je…

Damien n'a pas le temps de finir sa phrase. Un cri terrifiant retentit derrière la porte, suivi d'un bruit sourd. Comme un objet lourd qui tomberait sur le sol. Damien et Clara se précipitent sur la porte tel un seul homme et l'ouvrent à la volée. Clara hurle aussitôt et je me précipite dans le salon à mon tour.

J'avance dans le salon. Rendez-vous au chapitre 16.

14.

19 h 45 — Dans le salon

Je suis Bastien dans le salon. La pièce est plongée dans la pénombre et la batterie de son téléphone est aussi morte que moi. Les derniers rayons de lumière arrivant de l'extérieur par les trous mal bouchés des fenêtres emmurées disparaissent. La nuit est tombée dehors, mais c'est à l'intérieur que je sens une force lugubre envahir la pièce. Mes sens me disent de rebrousser chemin, de partir d'ici tant qu'il en est encore temps. Mais Bastien, lui, ne semble pas réagir. Il avance à tâtons dans le salon, cherchant la source du bruit. Je voudrais l'avertir que quelqu'un d'autre est avec lui dans les lieux, alors je prends mon courage à deux mains et je me colle à lui.

« *Va-t'en, Bastien, va-t'en !* » crié-je dans sa tête. Mais cela ne sert à rien, il ne m'entend pas. Je suis incapable de communiquer réellement avec le monde des vivants.

C'est là que je l'aperçois. Une silhouette drapée de noir surgit de derrière le canapé et agrippe Bastien dans le dos. Une main experte s'enroule autour de sa bouche pour l'empêcher de crier, l'autre le tire en arrière. L'adolescent se débat, il est plus grand que son adversaire. Moi, je panique, tout simplement. Je gesticule dans l'air, voulant aider le garçon, mais tout ce que j'arrive à faire, c'est traverser son corps et celui de son assaillant. Ils doivent à peine ressentir un frisson d'effroi. Des bouts de verre volettent sur mon passage, je déplace un peu de poussière… Mais ce n'est pas comme ça que j'aiderai Bastien ! Alors je me concentre, je mets toute ma force sur le cou du tueur, je voudrais le faire lâcher. J'ai l'impression de sentir sa peau sous la mienne, vaporeuse. Je n'ai pas de prise réelle sur elle, je peux simplement l'érafler.

Ce n'est pas assez pour sauver Bastien. Son assaillant se saisit d'un bout de verre qui traînait sur le buffet et l'enfonce dans la gorge de l'adolescent, le poignardant violemment. Une coulée de sang gicle sur le canapé et je me surprends à admirer sa couleur écarlate tacher le cuir blanc. Le tueur relâche son étreinte et court vers le hall d'entrée. J'aimerais le suivre, mais quelque chose m'en empêche. Je suis sous le choc. Pour Bastien, c'est déjà trop tard. Le jeune homme hurle à la mort puis s'écroule au sol. Son sang se répand sur le parquet dans une mare écarlate. Alors que je sens la vie le quitter, son énergie vitale semble monter en moi. C'est comme une goulée d'air frais qui se répand dans mon corps spectral. Très vite, ses amis, alertés par le bruit, débarquent dans le salon.

Je reste dans le salon. Rendez-vous au chapitre 16.

15.

19 h 45 — Dans la salle à manger

Alice, Franck et Élodie pénètrent dans la salle à manger. C'est l'une des pièces qui a le moins changé en plus de vingt ans d'abandon. On pourrait croire, la couche de poussière mise à part, qu'un dîner s'apprête à se tenir ici. Les couverts d'apparat sont dressés sur la table pour au moins huit convives. Sur le mur trône un grand portrait de famille que nous avions pris quelques jours après la naissance de Jules, avec mes grands-parents. J'avais quatre ans à peine et une robe rose bonbon. Je n'ai jamais su ce que sont devenus mes grands-parents. Ma grand-mère maternelle était morte trois ans avant notre assassinat, mais les autres ? Je donnerais beaucoup pour avoir de leurs nouvelles.

– Retournons au salon, annonce Alice. Que Bastien nous rende les clés !

Mais Franck s'immobilise devant la porte menant dans cette pièce.

– Elle était ouverte cette porte, tout à l'heure, non ?

Alice la contemple un instant, mais reste rationnelle.

– C'est sûrement l'un des autres qui l'a fermée, j'en sais rien. Tu vas pas te mettre à croire à ces histoires de fantômes, toi aussi ?

Franck n'a pas le temps de lui répondre, car un cri terrifiant retentit dans le salon, juste derrière la porte. Les deux adolescents s'observent une seconde avant de se jeter sur celle-ci. Je me précipite à leur suite, redoutant le pire.

Je me rends dans le salon. Rendez-vous au chapitre 16.

16.

19 h 50 — Dans le salon

Quand les cinq adolescents découvrent le corps sans vie de Bastien dans le salon, ils se mettent tous à hurler. Je sens mon cœur de spectre se déchirer. J'aurais aimé qu'ils n'aient jamais à voir cela de leurs propres yeux. Et pourtant, la mort de leur camarade me procure une sensation nouvelle. Je me sens étrangement plus forte. Bastien est tombé sur lui-même, avachi devant le canapé en cuir blanc maculé de sang. Une mare écarlate recouvre le sol autour de lui, et l'on peut deviner que le bout de verre tranchant posé près de sa tête est l'arme du crime. Je sens la présence de son meurtrier dans la véranda. Pourvu qu'il ne revienne pas ici finir le travail avec les autres… Non, ils sont trop nombreux. J'aimerais avoir la force d'aller l'affronter, mais quelque chose au plus profond de mon être m'en empêche. Une peur panique, comme un instinct de survie bien enfoui. Pourtant, je suis un fantôme depuis si longtemps que je ne devrais plus rien avoir à craindre du monde des vivants, non ?

Damien est le premier à se précipiter sur le cadavre, qu'il retourne pour mieux voir le visage de son ami. Je crois qu'il n'arrive pas à réaliser que celui-ci est mort. Il n'a pas pensé à filmer, cette fois-ci. Il attrape le visage de Bastien entre ses doigts, tachant de sang ses propres habits. Au fond de la pièce, Alice s'écarte, serrant contre elle la petite Élodie en pleurs. Elle voudrait la protéger de cette vision d'horreur, mais c'est déjà trop tard. Élodie a tout vu, comme moi j'ai vu les corps de ma famille il y a vingt ans. Cette image du visage blême de son frère reposant dans une mare de sang, de ses lèvres violettes, de ses yeux clos la hantera pour le reste de sa vie, et même au-delà dans l'éternité.

Il faut quelques secondes à Clara pour comprendre ce qui vient de se passer. Finalement, elle se jette à son tour sur le cadavre de son petit ami, repoussant Damien au passage. Elle le serre contre lui, prise de sanglots. Franck, quant à lui, récupère Damien dans ses bras, pour l'éloigner un peu du sang et du corps de Bastien. Mais l'odeur, métallique, reste. Elle s'imprègne partout. Je la sens encore, la nuit, quand j'erre en pleurant dans le manoir. Elle ne m'a pas quittée depuis vingt ans.

– Il est mort ! hurle Clara.

– Quelqu'un l'a assassiné, reprend Damien avec effroi.

– C'est un cauchemar, commente Alice. Il faut sortir d'ici tout de suite !

Damien sort enfin son téléphone et se met à filmer la scène de crime.

– Qu'est-ce que tu fais ?! l'interroge Clara. Tu n'es pas sérieux ?

– Il faut des preuves de ce qui vient de se passer, se défend le garçon. Quelqu'un a tué Bastien !

– Mais il n'y a que nous ici ! hurle Clara. Qui a fait ça ? Qui ?!

Les autres se regardent, médusés. On dirait bien qu'ils sont persuadés à présent qu'un tueur se cache parmi eux. Et j'ai l'impression qu'ils ne vont pas tarder à s'écharper pour découvrir de qui il s'agit.

– Attends Clara, t'es quand même pas en train de nous accuser ? interroge Franck en croisant les bras devant lui.

– On était avec Élodie ! s'insurge Alice. Ça fait dix minutes qu'on cherche comment sortir de cette putain de barraque ! Les clés ne sont pas sur la porte ! Et on n'a toujours pas de réseau !

La jeune fille brandit son téléphone devant elle, cherchant à passer un appel. Mais la tonalité résonne désespérément dans le vide.

– On peut même pas appeler la police ! hurle Alice.

Mais alors qu'elle hausse le ton, Clara ne l'écoute pas. Elle serre contre elle le corps sans vie de Bastien, faisant des mouvements de balancier d'avant en arrière. Ce geste anodin m'est vaguement familier. Alors, je me concentre sur elle, et soudain tout m'envahit. Une vague de souvenirs, de sensations, puissante et terrifiante.

Je me revois, découvrant le corps de mon père dans son bureau. Moi aussi, je l'ai serré dans mes bras, moi aussi, j'ai mis du sang partout sur mes vêtements. Un pyjama rose bonbon, si innocent, si enfantin. Et puis il y a eu les pas dans le couloir. C'est là que j'ai compris que le tueur venait me chercher. J'ai couru hors du bureau, je suis montée à l'étage, j'ai grimpé jusqu'à l'escalier de service, jusqu'au grenier. Je pensais pouvoir me cacher, je pensais qu'il ne me retrouverait pas. Je me souviens que j'étais sous le choc, que je me suis planquée dans un coin et que j'ai serré contre moi une vieille poupée rangée là. Puis j'ai entendu les cris. Ceux de Jules, en bas. C'est là que j'ai fondu en larmes, en réalisant que j'aurais dû aider mon petit frère, mais que, prise de peur et de panique, je n'ai même pas pensé à lui. Si je l'avais caché avec moi, peut-être qu'il aurait survécu. Peut-être qu'on aurait pu s'échapper, tous les deux. Mais je n'ai pas eu le temps de m'en soucier davantage, car les cris se sont arrêtés, et bientôt les pas ont monté l'escalier de service. À présent je me rappelle cette silhouette, dans l'entrebâillement de la porte, une hache à la main.

– Il faut couvrir son corps, déclare soudain Damien. On ne peut pas le laisser comme ça.

Les autres acquiescent, frappés par le pragmatisme de sa proposition. Franck tire sur un rideau encore accroché devant la fenêtre condamnée et le place sur le corps de Bastien. Je ressens une sorte de soulagement fugace parmi le groupe. Comme si, en mettant Bastien sous un drap, ils faisaient disparaître le crime qui vient d'être commis.

– Clara, il nous faut les clés, explique Alice. Où sont-elles ?

– Je... je n'en sais rien, répond la jeune fille, sous le choc, en enserrant ses coudes avec ses mains. Je les avais posées sur le buffet, je crois.

Franck et Alice se précipitent vers le vieux meuble et le fouillent. Mais aucune trace des clés du manoir. Ils retournent la pièce à la recherche du trousseau, mais ne le trouvent pas. Puis ils s'arrêtent et se regardent d'un air entendu. Alors Franck se penche sur le corps de Bastien.

– Qu'est-ce que tu fais ? demande Damien.

– Je cherche la clé du manoir. Elle n'est pas sur la porte, pas dans le salon, Clara ne l'a pas, je pense que toi non plus. C'est forcément Bastien.

Une atmosphère plus pesante que jamais envahit la pièce, alors que Franck fouille méticuleusement les poches de Bastien. Les mains vides, il remet le rideau sur le corps du jeune homme et se lève. Il fait non de la tête à Alice, qui ne peut s'empêcher d'exploser. La jeune fille se jette sur la fenêtre emmurée et tente de dégager les parpaings avec les mains.

– Alice, arrête, lui ordonne doucement Franck. Ça ne sert à rien.

– Mais tu ne comprends pas ! s'emporte-t-elle. C'est le tueur qui a pris les clés ! Il nous a enfermés ici pour tous nous tuer ! On n'a aucun moyen de s'échapper !

– Calme-toi, lui enjoint Franck. On va trouver une solution, je te l'ai dit. On est tous ensemble, il ne pourra pas nous tuer si on reste groupés !

– Et la famille Dramont, tu crois que ça les a aidés d'être quatre dans la maison ? rétorque Clara. Le tueur va nous massacrer !

– Franck a raison, déclare Damien. Allons à l'étage et enfermons-nous dans une pièce. Une salle de bains fera bien l'affaire. Là, on aura le temps de réfléchir, d'accord ?

Les filles acquiescent, y compris la jeune Élodie, qui continue pourtant de pleurer dans les bras d'Alice. Franck la prend délicatement par la main, et ensemble, ils retournent dans le hall pour monter l'escalier.

Je vais à l'étage. Rendez-vous au chapitre 17.

17.

19 h 55 — Dans la salle de bains

À peine entrés dans la salle de bains, les adolescents s'enferment à clé grâce au verrou de la porte. C'est un petit verrou qui ne résisterait pas à grand-chose, mais il a le mérite d'exister. La pièce n'est pas très grande, aussi, tous les cinq sont collés les uns aux autres. Éclairés par les téléphones d'Alice et Damien, ils peuvent admirer les carreaux roses qui les entourent.

Pendant un moment, tout le monde reste silencieux. Franck se laisse glisser au sol, près du bidet, Damien reprend ses esprits, accoudé au lavabo qui ne délivre plus d'eau depuis bien longtemps. Il l'ouvre mais rien n'en sort. Pourtant il aurait bien eu besoin de se nettoyer, avec sa peau et ses vêtements maculés du sang de Bastien. En fond sonore, on entend les sanglots étouffés d'Élodie. Alice continue de la serrer contre elle, mais rien ne parvient à calmer la petite. Quant à Clara, elle s'effondre dans la baignoire. Damien va tout de suite à sa rencontre, mais la jeune fille se recroqueville en position fœtale.

– Clara, ça va ? demande Alice.

Elle ne répond pas et se mure dans le silence, les yeux fermés. Je m'approche d'elle, cherchant à entendre ses pensées. Mais il n'y a rien à capter. Elle est complètement sous le choc et son esprit s'est fermé, encaissant seulement ce qui vient de se passer.

– Je pense qu'il faut la laisser tranquille, commente Franck.

Les autres acquiescent avec tristesse. Franck fouille dans ses poches et pousse un soupir.

– Génial, il manquait plus que ça, peste-t-il. J'ai oublié mon téléphone dans la bibliothèque.

– De toute façon on n'a pas de réseau, lui rappelle Alice. J'ai essayé d'appeler la police et les pompiers au moins dix fois, mais c'est impossible.

– Qu'est-ce qu'on fait, maintenant ? demande Damien. Vous êtes sûrs qu'il n'y a aucune sortie ? Il faudrait qu'on puisse s'échapper pour demander de l'aide.

– Du côté de la cuisine, c'est mort, rappelle Franck. La sortie est murée. Mais y a un truc qu'on n'a pas encore tenté, c'est le grenier. Peut-être qu'une lucarne permettrait de sortir par le toit ?

– C'est une bonne idée, admet Alice. Il faudrait qu'on monte pour voir.

– Les filles ne sont pas en état, rappelle Damien en désignant Clara et Élodie. Et on ferait mieux de ne pas se séparer avec le tueur qui rôde toujours.

– Laissons-les ici, propose Franck. Elles pourront s'enfermer à clé et on reviendra le plus vite possible, de toute façon.

Les deux autres acquiescent, et Alice se penche vers Clara pour lui expliquer ce qui vient d'être décidé. Mais la jeune fille ne réagit pas, prostrée dans son coin. Alors Alice s'accroupit face à Élodie.

– Il va falloir que tu sois forte. Tu vas rester ici avec Clara, d'accord ? Tu fermeras le verrou de la porte dès qu'on sera sortis.

Élodie fait oui de la tête, même si ses yeux sont apeurés.

– Comme le téléphone de Clara est cassé, on vous laisse celui d'Alice avec la lampe allumée, précise Damien. Nous, on garde le mien pour s'éclairer là-haut.

Les trois adolescents sortent dans le couloir, et Élodie verrouille immédiatement la porte derrière eux. Moi, je suis inquiète pour la jeune fille et Clara. Elles me semblent en bien mauvais état, sans défense dans la salle de bains. Il y a vingt ans, j'ai abandonné mon petit frère et il en est mort. Je me demande si je dois rester ici avec Élodie et Clara, ou bien monter au grenier avec les autres…

Je rejoins le grenier ? Rendez-vous au chapitre 18.

Je reste dans la salle de bains ? Rendez-vous au chapitre 19.

18.

20 heures — Dans le grenier

Alice, Franck et Damien ne sont pas rassurés lorsqu'ils arrivent au grenier. Étrangement, même s'il s'agit du lieu où je suis morte, c'est aussi l'endroit de nombreux souvenirs d'enfance joyeux. J'adorais rester ici mes mercredis après-midi pour jouer à la poupée, seule dans l'obscurité. Depuis ma mort, c'est aussi là que je passe le plus clair de mon temps. Peut-être est-ce dû au fait que mon corps était là, que c'est le dernier lieu où j'ai été vivante…

– Là ! Une lucarne ! s'exclame Franck.

La petite fenêtre grince un peu, mais s'ouvre quand même. Alice et Damien font la grimace en arrivant à la hauteur de Franck.

– Aucun de nous ne peut passer là-dedans… grommelle Damien.

Franck s'accroupit devant l'ouverture.

– Alice, essaye. Je te fais la courte échelle.

La jeune fille s'avance timidement jusqu'à lui et pose son pied sur ses mains jointes. Il la soulève sans difficulté jusqu'à la lucarne, mais Damien a raison. L'ouverture est trop étroite.

– C'est fichu ! s'exclame-t-elle en redescendant. On n'y arrivera jamais par là.

Je sens un véritable abattement gagner les trois adolescents.

– On trouvera une solution, répète Franck. On n'a pas encore fouillé toute la maison, OK ? Il nous reste la cave et tout le premier étage ! On y arrivera. En attendant, ce grenier est le parfait endroit pour trouver des armes.

– Des armes ? s'interroge Damien.

– Oui, pour faire face au tueur. On va pas se laisser tuer aussi facilement, non ?

Il se met à chercher dans le bazar du grenier, dans les années de souvenirs accumulés ici et là. Des vêtements pour bébé, des albums photo, de vieux jouets poussiéreux ou cassés… Les autres s'activent avec lui. Mais moi, je suis inquiète. Je perçois du mouvement au premier étage. Est-ce que Clara et Élodie sont toujours en sécurité ? Elles semblent séparées. Élodie est restée dans la salle de bains, mais Clara s'est déplacée dans l'ancienne chambre de mes parents. Je perçois aussi une autre présence, celle du tueur. Je n'arrive pas à la ressentir totalement, c'est comme s'il me bloquait. En tout cas, cela ne me dit rien qui vaille.

Je reste dans le grenier ? Rendez-vous au chapitre 20.

Je retourne dans la salle de bains ? Rendez-vous au chapitre 21.

Je me rends dans la suite parentale ? Rendez-vous au chapitre 22.

19.

20 h — Dans la salle de bains

J'ai bien fait de rester ici avec Clara et Élodie. Ces deux-là sont clairement en souffrance. Je ne peux que les comprendre, moi qui ai vu mourir toute ma famille... Combien de temps ai-je pleuré leur perte, seule à errer dans le manoir ? Combien de fois ai-je espéré que Jules ou mes parents reviennent sous leur forme fantomatique, rien que pour pouvoir leur dire au revoir ? Mais ce jour n'est jamais arrivé et la douleur est toujours là.

Je ne peux m'empêcher de me laisser glisser près d'Élodie, qui sanglote sur le carrelage de la salle de bains. Elle frissonne, et je comprends qu'elle ressent ma présence. Alors je me concentre pour tenter de l'aider, de l'apaiser. J'aimerais que mes pensées l'accompagnent, aussi je m'introduis dans son esprit. Est-ce qu'elle comprend que je suis là ? Que je ne lui veux que du bien ? Son visage se tourne vers moi et j'ai la nette impression qu'elle m'observe, qu'elle me regarde dans les yeux. Mais soudain, une voix à l'extérieur se fait entendre. Clara se dresse dans la baignoire, aux aguets. On dirait que quelqu'un crie !

– Damien ? interroge la jeune fille, apeurée.

Les cris d'effroi se rapprochent de la porte de la salle de bains, plus intenses, répétitifs. Il y a quelque chose qui cloche. Ce n'est pas la présence de Damien que je ressens à l'autre bout du couloir, dans la chambre de mes parents. C'est celle du tueur, tapi dans l'ombre. Mais Clara entend seulement la voix de son ami qui supplie, qui semble hurler de douleur.

– Damien !

Elle s'approche de la porte de la salle de bains, et tous mes sens me crient de ne pas la laisser sortir, que ce qui l'attend derrière n'a rien de bon. Alors je me mets en travers de celle-ci, tentant de faire barrage de ma force spectrale, la main sur la poignée, me concentrant de toute mon âme pour empêcher Clara de sortir. Lorsqu'elle approche sa main de la poignée de la porte, elle a d'abord un mouvement de recul, comme si quelque chose l'avait brûlée. Comme si *ma présence* la brûlait. Mais la jeune fille tend à nouveau la main… et déverrouille la porte sans autre difficulté.

– Non, Clara ! supplie Élodie. Reste avec moi !

– Damien a besoin d'aide ! Enferme-toi ici en m'attendant !

La jeune fille ne se fait pas prier et, alors que Clara sort dans le couloir, elle claque la porte et s'enferme à clé. Mais moi, je ne suis pas obligée de rester ici. Alors que dois-je décider ? Suivre Clara dans la chambre, rester ici avec Élodie pour la protéger... Ou bien rejoindre les autres au grenier ?

Je rejoins le grenier ? Rendez-vous au chapitre 20.

Je reste dans la salle de bains ? Rendez-vous au chapitre 21.

Je me rends dans la suite parentale ? Rendez-vous au chapitre 22.

20.

20 h 05 — Dans le grenier

Dans le grenier, les trois adolescents s'affairent à chercher des armes de fortune pour se défendre contre le tueur. Parmi les affaires de sport de mes parents, Franck découvre la vieille batte de base-ball que mon père avait rapportée d'un voyage aux États-Unis.

– Regardez ce que j'ai trouvé ! s'exclame-t-il. Ça devrait faire l'affaire, non ?

Il s'entraîne à taper dans le vide alors qu'Alice et Damien continuent de chercher un moyen de se défendre. Je surveille Alice, qui fouille dans une caisse qui m'appartenait. Elle en sort un petit miroir, qu'elle glisse dans la poche de sa jupe. Elle a raison, un miroir pourra toujours servir.

– Moi, je ne trouve pas grand-chose... se lamente Damien.

Quelques instants plus tard, il se saisit d'un vieux vase poussiéreux, qu'il garde sous le bras.

– Tu vas faire quoi avec ce vase ? demande Alice.

– Je peux le briser sur la tête du tueur, répond Damien.

Tous les trois se regardent et, sans crier gare, explosent de rire. Un rire franc, déplacé. Mais je crois bien que c'est un rire nécessaire.

– Arrêtez de vous moquer, finit par dire Damien. C'est une arme comme une autre !

– Oui, tu as raison, admet Franck. De toute façon, vu qu'on n'a toujours pas trouvé par où on peut sortir, il va falloir qu'on se défende. Tout est bon à prendre.

Ils continuent tout de même leurs recherches, jusqu'à ce qu'Alice se penche sur une lame du plancher qui dépasse un peu. Curieuse, elle la tire à elle, découvrant que celle-ci se déloge facilement. Dessous, elle aperçoit une boîte en carton remplie de poussière, elle aussi.

– Les garçons, regardez ce que…

Elle n'a pas le temps de finir sa phrase, interrompue par le cri aigu de quelqu'un à l'étage d'en dessous. Les trois adolescents s'observent avec terreur. C'est la voix de Clara…

– Restez ici, ordonne Franck. Je vais voir ce qui se passe.

– Hors de question que tu y ailles seul ! tempête Alice.

– J'ai ma batte de base-ball, réplique le jeune homme.

Et sans laisser loisir à la jeune fille de répondre, il descend l'escalier. Damien et Alice restent là, interdits. Moi, je me demande bien où je dois me rendre. Dois-je rejoindre Clara ? Je sens sa présence dans le dressing de la chambre de mes parents… Ou bien est-ce que je vais retrouver Élodie pour la protéger dans la salle de bains ? Je peux aussi décider de rester ici…

Je reste dans le grenier ? Rendez-vous au chapitre 23.

Je me déplace dans la salle de bains ? Rendez-vous au chapitre 24.

Je rejoins le dressing ? Rendez-vous au chapitre 25.

21.

20 h 05 — Dans la salle de bains

Élodie est seule dans la salle de bains. Heureusement que je suis là pour lui tenir compagnie. La jeune adolescente se place devant le miroir, regardant tristement son propre reflet. Je me tiens derrière elle, mes mains fantomatiques se posent sur ses épaules bien vivantes en un geste de consolation. Les poils se dressent sur ses bras et, dans le miroir, j'ai l'impression qu'elle ressent ma présence. Elle semble me regarder droit dans les yeux.

« *Ne t'inquiète pas, ça va aller. Je vais te protéger.* »

En formulant ce vœu, je me concentre, et la lumière du téléphone resté sur le lavabo vacille. À mesure que je me rapproche d'Élodie, ma force revient. Et surtout, les souvenirs m'assaillent. Quand je la regarde, je ne peux m'empêcher de penser à mon petit frère. Il avait son âge quand il est mort. Il était encore innocent et doux, comme elle.

Élodie semble un peu reprendre ses esprits, à présent. Je ne sais pas si c'est grâce à moi, mais je suis contente de ne pas l'avoir abandonnée, seule dans la salle de bains. Pourtant, je dois choisir entre elle et les autres, dont je sens la présence dans plusieurs pièces du manoir... et dont la situation me paraît bien plus inquiétante. Où vais-je décider d'aller, alors que le tueur court toujours ?

Je monte dans le grenier ? Rendez-vous au chapitre 23.

Je reste dans la salle de bains ? Rendez-vous au chapitre 24.

Je rejoins le dressing de la suite parentale ? Rendez-vous au chapitre 25.

22.

20 h 05 — Dans la suite parentale

Je me décide à suivre Clara qui, après avoir entendu la voix de Damien appeler au secours, se précipite dans la chambre de mes parents. Quand elle y pénètre, je ne suis pas étonnée de ne pas y trouver le garçon. Je ressens toujours sa présence dans le grenier. Mais j'ai entendu ses cris, comme Clara. Alors que se passe-t-il ? Je ressens une autre présence bien plus menaçante, et je comprends une seconde trop tard que le tueur est là, lui aussi. Caché derrière le rideau. Je me tourne vers Clara, je gesticule, mais elle ne me voit pas, ne me ressent pas. Je me concentre un peu plus. D'un coup, la lumière s'allume dans la pièce, qui n'est pourtant plus alimentée en électricité depuis des décennies.

Clara prend peur et pousse un cri. J'espère que cela suffira à la faire fuir d'ici ! Pourtant c'est déjà trop tard. Le tueur en profite pour sortir de sa cachette et brandit un couteau de cuisine. Il est cagoulé, impossible de voir son visage. Je hurle malgré moi, mais personne ne m'entend. Je n'arrive qu'à faire claquer les portes du placard. Clara hurle aussi. Elle se débat alors que le tueur la menace avec son couteau. C'est une étreinte étrange qui s'engage entre eux, on dirait qu'il veut la pousser vers la sortie. Clara se débat comme une diablesse, hurle encore. Alors que le meurtrier recule d'un pas, elle s'élance sur lui, prête à lui arracher son couteau. Mais elle trébuche, atterrissant dans les bras du tueur. J'entends le bruit insoutenable des chairs qui se déchirent. Clara est blessée ! Elle lâche un râle de douleur, mais ne se démonte pas et profite de l'effet de surprise pour courir jusqu'au dressing de mes parents, où elle s'enferme à double tour. Le tueur reste devant la porte un instant, les bras ballants, avant de se détourner et de fuir loin de la chambre, son couteau ensanglanté en main. Moi, je suis déchirée. Que dois-je faire ? Rejoindre Clara et tenter de lui porter assistance, ou aller protéger tous les autres ?

Je monte dans le grenier ? Rendez-vous au chapitre 23.

Je me rends dans la salle de bains ? Rendez-vous au chapitre 24.

Je rejoins le dressing? Rendez-vous au chapitre 25.

23.

20 h 10 — Dans le grenier

Dans le grenier, Alice et Damien sont les seuls présents. Alice n'est pas très rassurée, mais elle prend sur elle. Assise sur une vieille chaise en bois posée là, elle tient sa tête entre ses mains. Je sens que Damien, lui, a besoin de s'occuper.

– Je peux ouvrir la boîte que tu as trouvée ? demande-t-il à Alice.

– Hein ?... Ah oui, la boîte, je l'avais oubliée. Vas-y, je t'en prie, répond-elle, le regard fixé sur la porte.

Damien ouvre la boîte avec précaution. Je ne peux m'empêcher de me pencher au-dessus de lui pour découvrir son contenu. D'abord, il en extrait des feuilles de papier, froissées pour la plupart. J'y reconnais le logo d'une banque.

– Ce sont des relevés de compte... des tas de relevés de compte, sur plus de dix ans ! Et ils sont tous au nom du père de la famille. Apparemment, il versait de l'argent sur ce compte chaque mois.

Cette fois-ci, l'attention d'Alice est captée. Elle se lève et prend l'une des feuilles des mains de Damien pour la lire attentivement. Moi, j'ai du mal à comprendre ce qui se passe et ce que cette boîte signifie. Mon père cachait de l'argent ? Il ne voulait pas que ma mère connaisse son existence ? Est-ce qu'il trempait dans quelque chose d'illégal ?

– Regarde ce qu'il y a au fond de la boîte… remarque Franck.

Il tend à Alice un papier jauni, froissé et ancien. J'ai beau être un fantôme, je me sens fébrile.

– Putain, c'est bien ce que je crois ?

Je plonge vers Alice, qui fait un pas de côté en frissonnant, pour lire ce qu'il y a sur la feuille. C'est un acte de naissance. D'abord, je crois que c'est celui de mon père, mais il n'en est rien. Celui-ci date de 1975, plusieurs années avant ma venue au monde. Un garçon, prénommé Laurent, né de Catherine Anatoly et de père inconnu, à quelques dizaines de kilomètres de Malemort.

– Le père de famille avait un enfant caché, reprend Alice.

– Tu crois ? répond innocemment Damien.

– Mais oui, regarde, c'est évident. Ce bébé est de père inconnu, alors pourquoi le père Dramont aurait eu son acte de naissance chez lui ? Et puis ces relevés de compte, tous les mois, pendant des décennies… il entretenait la mère de son enfant illégitime !

– Tu vas peut-être loin dans ta théorie, tu crois pas ?

Alice ne répond rien. De mon côté, je suis bouleversée. Mon père menait une double vie, une réelle double vie. Il avait une autre famille. Il avait un autre fils. Tous les voyages d'affaires étaient-ils réels ou bien n'étaient-ils qu'un mensonge pour aller vivre avec cette autre famille ? Alors que j'encaisse le choc, les deux adolescents sont déjà passés à autre chose.

– J'aimerais descendre rejoindre Franck, propose Alice.

– Et moi, je m'inquiète pour Clara et Élodie.

– On devrait y aller et se retrouver ensuite. C'est plus sûr.

Le garçon acquiesce, tous les deux se lèvent, emportent la batte de base-ball, le vase et le miroir de poche qu'ils ont dénichés au grenier. En descendant au premier étage, ils s'aperçoivent qu'il y a du bruit dans la chambre de mes parents, plus particulièrement dans le dressing.

– Je vais m'occuper d'Élodie et voir si Clara s'est un peu remise, propose Damien. Toi, essaie de retrouver Franck.

Elle acquiesce, et tous deux se séparent. Je dois décider qui suivre, et surtout le faire vite. En bas, je sens que Clara est en mauvaise posture et que le tueur rôde…

Je rejoins Alice dans le dressing ? Rendez-vous au chapitre 26.

Je suis Damien dans la salle de bains ? Rendez-vous au chapitre 27.

24.

20 h 10 — Dans la salle de bains

La jeune Élodie est seule dans la salle de bains. Lorsqu'un cri retentit, au lieu de paniquer, elle se cache dans la baignoire, derrière le rideau de douche moisi. Cette petite est pleine de courage. J'aimerais tellement pouvoir l'aider, la calmer. La voilà qui sanglote en silence, pétrie de terreur et de tristesse. Alors, je me colle à elle. Je ne sais pas si ce sont les parois en porcelaine de la baignoire qui nous entourent qui rendent la chose si puissante, mais je me sens comme vivante à présent.

– Je sais que tu es là… murmure la jeune adolescente. Tu es un fantôme. Tu es avec nous depuis le début.

Elle peut sentir ma présence ? Cet aveu de sa part me remplit de joie. Comme pour lui répondre, je me concentre encore plus sur elle. Je ne sais pas si elle le ressent, mais elle se détend un peu. Puis, je m'immisce dans son esprit, à la recherche de souvenirs heureux pour la réconforter. Son frère n'avait pas l'air très gentil avec elle ce soir, mais peut-être était-il plus sympathique dans d'autres circonstances. Je fouille, cherchant des souvenirs communs entre lui et Élodie.

J'en trouve un. Un moment de jeu, dans le jardin d'un petit pavillon, en plein été. Bastien et elle semblent plus jeunes de quelques mois à peine. Ils sont en maillot de bain et le soleil brille dans le ciel. Bastien poursuit sa petite sœur en hurlant, imitant un monstre, un tuyau d'arrosage à la main. La jeune fille rit très fort, courant dans tous les sens pour lui échapper. Ça, c'est ce qu'on peut appeler un souvenir heureux… J'espère qu'il aidera Élodie à se calmer.

Mais le souvenir continue. Bastien s'arrête, alerté par deux personnes qui sonnent au portail de la maison. Il reprend une contenance, remet ses cheveux en arrière, attrape son tee-shirt, qu'il enfile. Élodie le regarde s'en aller, la mine attristée. Voyant son air renfrogné, le grand frère se montre soudain sec. Toute joie a disparu de son visage… Je suis curieuse, tout comme elle, de savoir qui vient d'arriver pour que le grand frère redevienne soudain si sérieux. Heureusement Élodie le suit jusqu'au portail. Face à eux se dresse Clara dans une jolie petite robe rouge, un grand sourire aux lèvres. Derrière elle, un homme d'une quarantaine d'années, le regard sévère.

– Bonjour monsieur le maire, déclare Bastien formellement.

– Bonjour, jeune homme. Je te confie ma fille, mais tu connais les règles. Elle a la permission de dix-neuf heures. Je viendrai la chercher. Tes parents sont là, j'espère ?

– Oui, ils sont dans la maison.

Le père de Clara acquiesce et se détourne sans un mot de plus. Bastien embrasse Clara, mais moi je ne peux détourner le regard de l'homme qui remonte dans sa voiture. Il y a quelque chose en lui d'étrange. Quelque chose de familier, et pourtant qui m'effraie au plus haut point. C'est le maire de la ville, peut-être l'ai-je déjà rencontré ? Mais il devait avoir à peine vingt ans quand je suis morte, il n'était pas maire à l'époque. C'est étrange…

Élodie éternue, ce qui me pousse violemment hors de son souvenir. C'est peut-être mieux ainsi. À présent que la jeune fille est calme, dois-je rester avec elle pour continuer de la protéger, ou bien rejoindre les autres ? Ils semblent tous se presser dans le dressing de la chambre de mes parents.

Je rejoins le dressing ? Rendez-vous au chapitre 26.

Je reste dans la salle de bains ? Rendez-vous au chapitre 27.

25.

20 h 10 — Dans le dressing

Touchée à l'abdomen par le tueur, Clara s'est enfermée dans le dressing. Elle a réussi à verrouiller la porte et a rampé jusqu'à une étagère à chaussures contre laquelle elle s'est appuyée. La voici à présent complètement démunie. Elle sanglote en touchant sa blessure. La vue du sang me révulse, mais je reste avec elle. Le tueur l'a profondément blessée, je me demande si elle va pouvoir survivre.

– Putain, putain, putain…

L'adolescente répète en boucle ce simple mot, complètement paniquée. J'aimerais tellement pouvoir l'aider… Je me colle à elle, me concentrant sur sa plaie. Elle est profonde. Vraiment profonde. Je crois que plusieurs de ses organes sont touchés, mais je n'y connais rien, je suis incapable de dire lesquels. Étrangement, plus elle souffre, plus je me sens forte.

– Je vous en prie, venez me chercher…

L'entendre supplier me bouleverse. J'appose mes mains de fantôme sur sa blessure. Un instant, j'ai l'impression que ce geste la soulage. Comme si un contact glacé venait atténuer sa douleur. Elle renverse la tête en arrière, ferme les yeux. «*Non, ne meurs pas !*» C'est tout ce que j'arrive à penser. J'approche mon corps d'elle, m'immisçant dans son esprit. Peut-être que je peux la maintenir éveillée ? Lui donner des pensées positives ? Je cherche un souvenir, n'importe quoi de joyeux pour l'aider à tenir.

Je trouve quelque chose. Clara est en train de penser à sa famille. Je comprends que sa mère est morte il y a déjà des années. Mais son père, lui, est bien présent dans son esprit. Je le vois se promener en costume avec son écharpe tricolore. C'est vrai que le groupe en a parlé, tout à l'heure. Le père de Clara est maire de la ville. Puis, il tourne la tête vers moi. Comme si cette image dans l'esprit de Clara sentait ma présence. Il s'approche, menaçant. Il y a quelque chose en lui d'extrêmement familier et en même temps de complètement dérangeant.

Clara gémit et cela me tire de cet instant perturbant. Derrière la porte, on entend la voix de Franck.

– Clara, ouvre la porte !

Mais la jeune fille ne peut pas bouger. Alors Franck prend son élan et défonce le battant, non sans difficulté. Quand il découvre Clara, blême et sanguinolente, la terreur se lit sur son visage.

Je sens qu'Alice arrive ici aussi, tandis que Damien va rejoindre Élodie dans la salle de bains. Le tueur, quant à lui, n'est pas loin. Que faire ?

Je reste dans le dressing ? Rendez-vous au chapitre 26.
Je rejoins la salle de bains ? Rendez-vous au chapitre 27.

26.

20 h 15 — Dans le dressing

Dans le dressing de la chambre de mes parents, je fais face à Franck, sous le choc devant une Clara au sol, le pull maculé de sang. Alice n'est pas loin derrière nous, elle arrive prudemment dans la chambre de mes parents, la peur au ventre. Avec pragmatisme, Franck s'élance vers Clara pour faire compression sur sa blessure à l'abdomen.

– Clara, qu'est-ce qui s'est passé ?

– Le tueur…

– Il t'a attaquée ? Avec un couteau ? Est-ce que tu as vu son visage ?

La jeune fille fait non de la tête alors que Franck l'aide à enlever son pull. Ainsi, il peut mieux voir la blessure. Son calme m'impressionne. Dans le dressing, il attrape une chemise blanche de papa, devenue grise avec la poussière, et l'enroule autour du buste de Clara, en nouant les manches fermement autour d'elle.

– J'espère que ça va arrêter l'hémorragie, déclare-t-il pour se convaincre lui-même.

Au même moment, Alice arrive dans la pièce à son tour.

– Franck ! s'exclame la jeune fille.

Le garçon se lève et ils se tombent dans les bras. Finalement, Alice remarque Clara et s'agenouille près d'elle.

– Merde, qu'est-ce qui s'est passé ?

– Le tueur l'a attaquée ! réplique Franck. Avec un couteau ! Je suis arrivé trop tard... Je ne sais pas où il est parti.

J'essaie de localiser l'inconnu, mais sa présence reste floue. Comme si le tueur était une entité si terrifiante que cela brouillait ma capacité à identifier l'endroit où il se trouve. Je perçois vaguement qu'il est au premier étage, mais rien de plus. Sans doute s'est-il caché quelque part.

– Je suis arrivé dans la chambre avec ma batte, et il n'y avait personne, poursuit Franck. J'ai entendu Clara, c'est là que j'ai compris qu'elle était enfermée ici... Et qu'elle avait besoin d'aide.

– Elle perd trop de sang, commente Alice. Et elle a l'air de souffrir. Clara, tu peux parler ?

La jeune fille se contente de gémir, les yeux toujours fermés, la tête renversée en arrière.

– Il faut la déplacer dans la chambre, sur le lit, propose Alice. Qu'elle soit plus confortable, qu'elle puisse s'allonger !

Franck acquiesce et, ensemble, ils aident Clara à se lever, non sans difficulté. La jeune fille gémit, hurle même à un moment. Ses deux amis la portent entre eux jusqu'au lit. Là, ils l'allongent sur les draps dans un nuage de poussière. Clara se recroqueville sur le côté, protégeant sa blessure.

Tout cela ne me semble pas de bon augure pour Clara. Que vais-je faire à présent ? Rester ici avec eux, ou rejoindre Damien et Élodie qui semblent avoir quitté la salle de bains pour se rendre dans ma propre chambre ?

Je reste dans la suite parentale ? Rendez-vous au chapitre 28.

Je rejoins ma chambre ? Rendez-vous au chapitre 29.

27.

20 h 15 — Dans la salle de bains

Alors qu'Élodie se calme progressivement, recroquevillée dans la baignoire de la salle de bains, quelqu'un toque à la porte, la faisant sursauter.

– Élodie, Clara, c'est moi, Damien, dit quelqu'un derrière le battant. Vous pouvez m'ouvrir ?

Je ressens d'ici l'angoisse du jeune homme. Il toque de nouveau à la porte, plus doucement cette fois. Cela sort Élodie de sa torpeur et la jeune fille se lève. Le loquet à peine ouvert, le garçon se précipite à l'intérieur de la pièce. Sans qu'il y prête vraiment attention, son téléphone continue d'enregistrer tout ce qui se passe autour de lui, comme si l'adolescent terrifié cherchait à conserver des traces de son propre meurtre si celui-ci devait advenir.

Élodie referme immédiatement à clé, aussi effrayée que lui. Il s'assoit sur le rebord de la baignoire, haletant.

– Quelqu'un a crié, commente Élodie. C'est qui ? Qu'est-ce qui s'est passé, encore ?

– J'en sais rien… J'étais dans le grenier avec les autres. Je croyais que Clara était avec toi ? Pourquoi vous vous êtes séparées ?

– Elle t'a entendu crier, alors elle est sortie voir ce que tu avais. Je crois que ça venait de la chambre, en face.

– Moi, crier ? Mais non, voyons. J'étais dans le grenier ! C'est impossible.

À bout de nerfs, incapable de comprendre ce qui se passe, Élodie se met à pleurer.

– Eh, eh… Pleure pas, s'il te plaît. Je… Viens dans mes bras.

Je ne sais pas s'il a l'habitude de réconforter des plus jeunes que lui, mais il se débrouille mieux que ce que je pensais.

– Est-ce qu'on va tous mourir ? sanglote Élodie.

– Mais non, bien sûr que non. On va s'en sortir, tu verras.

– Tu le jures ?

Il y a un silence, un sourire gêné de Damien. Soudain, il touche la main d'Élodie.

– Tu es frigorifiée ! s'exclame-t-il. C'est pas possible ça, il faut te réchauffer. Viens, on va aller ailleurs. Dans une chambre pour que tu te couvres un peu.

– Mais c'est dangereux dehors !

– Non, je suis là pour te protéger. Il n'osera pas nous attaquer si on est plusieurs.

Élodie acquiesce, et ils sortent dans le couloir. D'abord, Damien hésite à emmener la petite fille dans la suite parentale, mais au vu des bruits qui s'en échappent, il comprend vite que Clara n'est pas en bon état. Il vaut mieux qu'Élodie ne voie pas ce genre de choses une seconde fois. Alors, Damien avance dans la pénombre jusqu'au bout du couloir. Là, il découvre ma chambre à gauche et celle de Jules à droite. D'instinct, il pousse la porte de ma chambre.

– C'est parfait ça. Tiens, allonge-toi sur le lit.

Élodie est en sécurité avec lui, je crois. À moi de décider à présent si je reste avec eux, ou si je rejoins Clara et les autres dans la suite parentale.

Je rejoins la suite parentale ? Rendez-vous au chapitre 28.

Je reste dans ma chambre ? Rendez-vous au chapitre 29.

28.

20 h 20 — Dans la suite parentale

Clara est recroquevillée sur le lit, l'abdomen ensanglanté, visiblement en grande souffrance. Alice et Franck se lancent des regards désespérés, ne sachant que faire. Sous les doigts de Franck, qui compresse sa plaie le plus fort possible, la jeune fille arrête bientôt de gémir. C'est très mauvais signe. Alice semble inquiète.

– Clara ? Clara, tu m'entends ? demande Alice.

Elle la secoue gentiment, la jeune fille se réveille dans un sursaut. Son visage est blême et transpirant, le rose de ses joues et de ses lèvres a disparu. Elle est au bord de la mort, je le ressens au plus profond de moi. Une énergie nouvelle m'envahit à mesure que la jeune fille se rapproche du trépas.

– Mon père… murmure-t-elle dans un souffle. Mon père…

– Ton père t'aime beaucoup, répond Alice pour la rassurer. Je suis sûre qu'il pense à toi en ce moment même.

Tu le reverras quand nous serons sortis de cette maison, je te le promets.

Mais Alice sait tout aussi bien que Clara que tout ceci est un tissu de mensonges. Elle ne s'en sortira pas vivante, elle a perdu trop de sang. Pourtant, Clara continue de parler.

– Mon père, il… il connaissait les Dramont…

– Quoi ? répète Franck.

Je pense être la seule à avoir compris en entier la phrase de Clara. Elle me fait comme un électrochoc. Alors son père connaissait mes parents ? Mais moi, je ne le connaissais pas. Qui est-il pour ma famille ? Que représentait-il ? Il devait avoir une vingtaine d'années quand nous sommes morts.

– Mon père… Dramont…

– Tu devrais arrêter de parler, tu te fatigues pour rien, conclut Franck.

Alice est visiblement bouleversée et ne peut retenir ses larmes. Voir la mort de si près, sentir la vie quitter le corps de son amie est une expérience difficile. Je l'ai vécu avec ma famille et je ne peux le souhaiter à personne d'autre.

À présent, je dois décider si je reste ici avec eux pour vivre les derniers instants de Clara. Je pourrais aussi guetter le tueur quand il sortira enfin de sa cachette…

Je reste dans la suite parentale ? Rendez-vous au chapitre 30.

Je fais le guet dans le couloir ? Rendez-vous au chapitre 32.

29.

20 h 20 — Dans la chambre de Gwendoline

Damien et Élodie sont dans ma chambre. Mon ancienne chambre, je veux dire, celle que j'occupais quand j'étais encore en vie. J'y passe de temps en temps depuis ma mort, mais ce n'est pas la pièce où mon âme erre le plus. En fait, je n'ai plus de souvenirs à l'intérieur. C'est comme une pièce vide, un lieu inconnu pour moi. C'est étrange de penser que tout ce qui s'y trouve m'appartient, que j'y ai dormi toutes les nuits de ma vie, joué, lu, pleuré, ri. Pourtant je ne ressens rien en y pénétrant.

– Allonge-toi sous les draps, commande Damien.

La jeune fille s'emmitoufle dans la couette qui repose toujours sur mon ancien lit.

– Ça sent la poussière… toussote Élodie.

– Je sais, mais ça, on ne peut rien y faire. Cette maison est abandonnée depuis vingt ans.

– Ils sont tous morts, c'est ça ? Quelqu'un les a tués, comme Bastien… et comme Clara.

– Clara n'est pas morte, rétorque Damien d'une voix tremblante. Et nous, on va s'en sortir, je te l'ai déjà dit. Fais-moi confiance.

La plus jeune du groupe ne répond rien pendant un long moment, avant de reprendre :

– Tu l'aimais vraiment bien, mon frère.

Ce n'est pas une question, plutôt un commentaire. Damien s'assoit sur le bord du lit et prend sa tête entre ses mains.

– Oui, je l'aimais beaucoup. Vraiment beaucoup.

Élodie lui caresse le dos gentiment. Les voir ainsi me brise encore plus le cœur. Alors moi aussi, je m'assois sur le bord du lit, à côté d'eux, comme si j'étais encore vivante. Nous restons un long moment ainsi tous les trois, le temps que les deux vivants évacuent leurs souvenirs de Bastien. Je les vois passer dans leurs esprits, fugaces. C'est triste et paisible à la fois.

Moi, je prends le temps de regarder autour de moi. Je me remémore la personne que j'étais, dans cette pièce figée comme une photo souvenir. Sur les murs, des posters du *Seigneur des anneaux*. J'avais adoré les deux premiers films à leur sortie, maintenant je m'en souviens. Mais je suis morte avant que le dernier ne passe au cinéma…

J'observe la commode rose bonbon décorée de figurines. Sur une étagère, quelques livres d'école, des classiques de la littérature qu'on nous faisait lire, et puis un album photo. J'aimerais tellement que Damien se lève et le feuillette, pour que je voie ce qu'il y a à l'intérieur.

Au sol, un tapis violet aux poils bien trop longs, assorti aux draps de mon lit.

Je me place près d'Élodie. Elle ne ferme pas les yeux, mais elle se repose. Soudain, je me rappelle ce que c'était d'être sous ces draps, dans la chaleur de la chambre. Un cri lointain. Celui de ma mère. Et le réveil en sursaut. J'ai tout de suite su que quelque chose n'allait pas, que quelque chose de grave s'était passé. Je suis descendue, j'ai trouvé papa dans la bibliothèque, mort. J'ai entendu du verre se briser, de nouveaux cris. Alors j'ai couru au grenier, dans un élan de survie. J'aurais pu simplement ouvrir la porte de la chambre de Jules, juste à côté de la mienne, et l'emmener. Peut-être que ça lui aurait sauvé la vie. Mais je n'ai pensé qu'à moi, qu'à me sauver. Et cela fait vingt ans que je ressasse cette erreur…

Damien se lève et se dirige vers ma commode, où un tas de bazar trône encore.

– Cette fameuse Gwendoline ne rangeait pas beaucoup sa chambre, déclare-t-il pour amuser Élodie. Regarde tout ce bazar !

L'adolescente lui accorde un demi-sourire. Damien fouille, jusqu'à trouver une carte postale glissée sous un tas de papiers.

– Tiens, regarde ça.

Je me rappelle soudain que cette carte m'était destinée. À présent, je comprends que chaque membre de notre famille en a reçu une ! Une adresse, pas de destinataire, un seul mot écrit au dos au marqueur rouge.

« Bientôt ». Et à l'avant, une photo ancienne, celle d'un homme d'affaires en costume, de dos. Je me rappelle à l'époque m'être dit que cet homme ressemblait à mon père. Était-ce une simple coïncidence ?

– Alice en a trouvé une comme ça aussi, dans la bibliothèque, commente Damien.

– Et Clara en a découvert une dans la chambre d'amis, précise Élodie.

Damien la retourne dans tous les sens, l'air grave.

– Je crois que c'est un message du tueur. Je crois que ce sont des indices.

– Tu penses ?

– Mais oui, regarde la date ! Deux semaines avant de les tuer. C'est la même écriture sur toutes, et ce « Bientôt » lugubre. Je pense que les photos sont des indices pour comprendre le mobile du meurtrier. Il y avait quoi sur celle de Clara ?

– Une maison de plage, je crois.

– Et sur celle d'Alice, un enfant. Tout ça est très mystérieux, comme la boîte qu'on a trouvée au grenier et qui contient un acte de naissance et des relevés bancaires. La famille Dramont cachait des secrets.

Je sens que Damien a raison, même s'il m'est difficile d'admettre que je connaissais mal mes parents. Finalement, le jeune homme repose la carte postale sur la commode.

– Je vais aller voir comment vont les autres, déclare-t-il. Juste pour être sûr… Tu m'attends là, tu ne bouges pas, d'accord ?

– Tu ne vas pas trop loin ?

– Juste dans le couloir, si ça te va. Je continuerai à te surveiller, ne t'en fais pas.

Malgré sa peur, Élodie acquiesce. Je dois à présent décider si je reste avec elle, ou si je la protège en faisant le guet dans le couloir, au cas où le tueur sortirait de sa cachette.

Je reste dans ma chambre ? Rendez-vous au chapitre 31.

Je fais le guet dans le couloir ? Rendez-vous au chapitre 32.

30.

20 h 25 — Dans la suite parentale

Franck et Alice sont au chevet de Clara, allongée sur le lit, qui se vide de son sang. Le coup de poignard que le tueur lui a infligé est bien visible. Je peux sentir la panique dans l'esprit des deux adolescents à mesure que la vie quitte leur amie. Mais ils tiennent bon, ils sont là pour elle. Ils ne la laisseront pas tomber. Je les admire pour cela. Je ne sais pas si j'aurais eu le courage de rester au chevet de mes parents ou de Jules avant leur mort. Finalement, j'ai dû demeurer dans le manoir des jours après leurs décès, à contempler, impuissante, leurs cadavres et le mien. Je ne sais pas ce qui est le pire.

– On va trouver un moyen de sortir d'ici, répète en boucle Franck. Et on va t'emmener à l'hôpital, je te le promets, Clara.

Il serre sa main dans la sienne, mais elle ne lui répond même plus. La tache de sang n'a cessé de s'élargir sur les draps. Alice, elle, est mortifiée et ne sait quoi dire. Finalement, elle prononce dans un sanglot :

– Clara, ne meurs pas…

C'est trop tard. L'adolescente pousse son dernier souffle. Il y a un léger mouvement dans ses bras et sa poitrine, un relâchement que perçoit Franck. Moi, je sens cette énergie déjà éprouvée à la mort de Bastien m'envahir. C'est si fort !

Le jeune homme lâche sa main, impuissant, et regarde ses propres bras tachés de sang séché. Je sens la culpabilité qui l'envahit, mais je ne peux pas m'y attarder. Quelque chose d'autre m'attire, beaucoup plus fort, beaucoup plus irrésistible. Le corps de Clara se met à briller. Franck ne semble pas le remarquer, alors qu'Alice l'attire à lui et le serre dans ses bras de toutes ses forces. Je suis sans doute la seule à le voir. Alors, je m'approche du corps de Clara, de cette lueur iridescente qui émane de son cadavre. Je crois que c'est son âme qui la quitte. J'aspire cette lueur, je m'en imprègne. Je ne sais pourquoi, mais je me sens liée à Clara. Tout ce qui émane d'elle me donne de la force, je le sens. Peut-être que cette force me permettra de protéger Élodie, de protéger les autres ? Peut-être que Clara n'est pas morte en vain ?

Goulûment, je termine d'aspirer les derniers morceaux de son âme. Franck et Alice, eux, n'ont pas bougé, les bras tremblants posés sur leurs genoux. Je crois qu'ils attendent que quelqu'un vienne les chercher. Justement, j'entends Damien arriver dans la chambre de mes parents.

Je reste dans la suite parentale. Rendez-vous au chapitre 33.

31.

20 h 25 — Dans la chambre de Gwendoline

Élodie est de nouveau seule, mais elle semble moins terrorisée ici que dans la salle de bains. J'ose penser que c'est l'atmosphère encore enfantine de ma chambre, malgré les posters sur les murs, qui l'aide un peu. Je suis sûre qu'Élodie aura une chambre comme celle-ci dans quelques années à peine… Si elle survit à cette nuit.

Non, il ne faut pas que je pense comme ça. Élodie survivra à cette nuit ! Je vais tout faire pour. Ce n'est pas le cas de Clara. Elle a beau toujours être dans la chambre de mes parents, je sens la vie la quitter, comme je l'ai senti tout à l'heure avec Bastien. Mais étrangement, la mort de Clara m'atteint davantage. Je la ressens de manière plus pesante. Comme si elle s'imprégnait en moi. À mesure que son esprit s'échappe de son corps, le mien semble se renforcer. Sans vraiment savoir pourquoi, je me sens liée à Clara. Je pose la main sur la commode, envahie de mes bibelots d'adolescente. Je sens presque sa texture sous mes doigts de spectre. Je me sens dotée d'une énergie nouvelle.

– Je sais que tu es là, murmure Élodie. Dis-moi ton nom, au moins.

C'est à moi qu'elle parle, il n'y a aucun doute là-dessus. Comment est-ce possible ? « *Tu peux m'entendre ? Me voir ?* » demandé-je dans son esprit.

– J'ai mal à la tête…

C'est la seule réponse que j'obtiens. J'essaie à nouveau de lui communiquer mes pensées en m'immisçant dans son esprit. Mais mes tentatives lui sont douloureuses. Il vaut mieux que j'arrête. Il faut que je trouve un autre moyen pour communiquer avec elle !

– Qui es-tu ? demande la fillette. Fais-moi un signe !

Je me rapproche du mur, là où des photos sont accrochées. Il y en a de ma famille, mais il y en a aussi une de moi et de ma meilleure amie Cathy, à l'époque du collège. Nous avons toutes les deux signé de nos noms derrière. Je me concentre, faisant passer mes doigts de spectre dessus. Au prix de gros efforts, je parviens finalement à dessiner dans la poussière du cadre, entourant ma propre tête. Le cadre bouge et Élodie se rapproche, remarquant ce que je viens de faire.

– Oh, je vois… Tu es Gwendoline, alors.

Je souris, mais elle ne peut pas le voir. Si je le pouvais, je pleurerais.

– Je vais aller retrouver les autres, à présent. J'en ai marre d'être seule et que personne ne me dise rien. Tu veux bien m'accompagner ?

La jeune fille sort dans le couloir, direction la chambre de mes parents, et je la suis.

Vous rejoignez la suite parentale. Rendez-vous au chapitre 33.

32.

20 h 25 — Dans le couloir

Quand j'arrive dans le couloir du premier étage, Damien fait le guet devant la porte de ma chambre. Je sais exactement où sont les autres adolescents encore en vie : Élodie dans ma chambre, Franck et Alice dans celle de mes parents. Mais je suis incapable de situer réellement le tueur. Il y a dans sa présence quelque chose qui me bloque, qui m'empêche d'accéder à lui distinctement. Alors, je me promène entre les pièces du premier étage et parviens finalement à le distinguer. Il se cache dans le placard entre ma chambre et celle de Jules. Il est tout près d'Élodie ! Malgré mes réticences et l'angoisse qui me saisit, je pénètre à l'intérieur du placard. Les étagères de celui-ci se sont effondrées et un tas de linge poussiéreux gît au sol parmi les planches de bois. Mais ce qui me choque réellement, c'est l'attitude du tueur. Dans le noir total, je suis incapable de distinguer son visage, pourtant je sais qu'il s'est recroquevillé au sol. Il pleure à chaudes larmes. Pourquoi pleure-t-il ? Cela n'a aucun sens ! Il vient de tuer froidement deux adolescents, pourquoi aurait-il des remords à présent ?

Je devrais m'immiscer dans son esprit. J'y arrive bien avec les autres, alors pourquoi pas avec lui ? Je m'approche de son visage alors qu'il est secoué d'un sanglot pathétique. Je me concentre, comme je l'ai déjà fait avec les autres vivants. Mais rien ne vient. C'est comme s'il y avait un mur entre nous. Il m'est impossible de communiquer avec cet homme qui vient pourtant de tuer deux personnes sous mes yeux, et qui va recommencer si je ne l'arrête pas.

Au même moment, Clara meurt dans la chambre de mes parents. Je sens la vie la quitter, comme je l'ai senti tout à l'heure avec Bastien. Étrangement, la mort de Clara m'atteint davantage. Je la perçois de manière plus pesante. Comme si elle s'imprégnait en moi. À mesure que son esprit s'échappe de son corps, le mien semble se renforcer. Sans vraiment savoir pourquoi, je me sens liée à Clara. Je pose la main sur la paroi du placard. J'éprouve presque sa texture sous mes doigts de spectre. Se pourrait-il que je sois en train d'évoluer ? Se pourrait-il que mon corps retrouve de sa vigueur ? Je me sens dotée d'une énergie nouvelle.

J'entends les pas de Damien dans le couloir. Les adolescents sont presque tous réunis dans la chambre de mes parents, à présent. Heureusement, le tueur, lui, ne bouge pas. Il semble trop accablé. Il n'attaquera pas

Élodie dans cet état. Je me décide donc à rejoindre le groupe.

Je gagne la suite parentale. Rendez-vous au chapitre 33.

33.

20 h 30 — Dans la suite parentale

Damien entre dans la chambre de mes parents sur la pointe des pieds, comme si sa présence allait déranger la pauvre Clara. Franck est assis à côté d'elle, la tête baissée, les bras tremblants. Avec toute la délicatesse du monde, Alice fait les cent pas dans la pièce.

– Vous avez été très courageux, chuchote Damien. Merci d'avoir été là pour elle. Grâce à vous, elle n'était pas seule au moment de…

Ses mots se perdent dans un sanglot. Franck hoche la tête, retenant ses larmes. Damien, quant à lui, s'occupe de Clara. Il place les mains sur sa poitrine, cache l'énorme tache de sang sur son ventre. Il dépose le drap au-dessus d'elle, par pudeur. Au même moment, Élodie entre dans la pièce. Elle avance vers le lit, n'ose pas toucher les draps. Elle reste plantée là un instant et tout le monde l'entoure. Pendant quelques dizaines de secondes, les adolescents se murent dans un silence de recueillement face à leur amie morte. Un moment fort mais angoissant. C'est Alice qui finit par le briser.

– On va tous mourir ici si on ne réagit pas maintenant. Il va nous exterminer un à un.

Ses paroles tombent comme un couperet, mais les autres savent bien qu'elle a raison. Il est temps de réagir. Damien marche jusqu'aux grandes fenêtres de mes parents et tire les rideaux.

– Ici aussi ils ont muré les fenêtres. On est vraiment coincés !

– On a fait le tour de toutes les chambres, de toutes les pièces ? demande Franck, pragmatique.

– Au rez-de-chaussée, oui, argumente Damien. Mais à l'étage, non.

– Alice, viens avec moi, ordonne Franck. Damien, reste ici avec Élodie. On va juste vérifier chaque pièce de cet étage.

– Attends ! s'exclame Élodie. Et le tueur ?

– Je prends la batte de base-ball.

Il ramasse l'objet posé dans un coin, sans un mot de plus.

Très rapidement, les deux amis sortent dans le couloir. Ils se précipitent dans la chambre de Jules, la mienne, la salle de bains, mais bien sûr tout a été soigneusement muré. Quand ils reviennent, la crispation se lit sur leur visage.

– C'est bien ce qu'on pensait, conclut Franck. Pas de sortie. Le grenier, c'est une impasse. Il nous reste la cave…

– Et la véranda, précise Alice.

– Il y a une véranda ? demande Damien.

– Oui, elle était à gauche dans le hall quand on est arrivés, en face de la salle à manger. Mais avec tout ce qui s'est passé, on n'a même pas eu le temps d'y entrer. Il doit y avoir des fenêtres partout, des verrières…

– Ok, alors on y va tous, propose Franck. On reste groupés, c'est important. Le tueur ne pourra pas s'en prendre à nous quatre en même temps.

Les autres acquiescent. Élodie prend la main d'Alice, qui elle-même se colle derrière Franck avec sa batte de base-ball. Pour fermer la marche, Damien brandit son téléphone, prêt à filmer le tueur si celui-ci surgit. Je voudrais croire que leur petit groupe va s'en sortir, mais je perçois toujours la présence du meurtrier, cette fois-ci au rez-de-chaussée. Après s'être caché à l'étage, il a décidé de redescendre. Je ne sais pas ce qui attend les quatre adolescents dans la véranda…

Je rejoins la véranda. Rendez-vous au chapitre 34.

34.

20 h 35 — Dans la véranda

Je suis le groupe dans la véranda. Le lieu a bien changé au fil des années. De mon vivant, c'était un havre de paix entretenu par ma mère. À présent, tous les carreaux de la verrière ont été cassés et les nombreuses jardinières sont vides, remplies des restes chétifs des plantes exotiques splendides que ma mère faisait pousser ici à l'époque. Mais les quatre adolescents ne prennent pas le temps d'imaginer ce que devait être cette pièce il y a vingt ans. Alice, Damien et Franck se précipitent vers les carreaux pour constater amèrement qu'ils ont été en partie murés et en partie complétés de grilles en fer.

– Putain de merde ! jure Franck. Ici aussi, tout est condamné ! La mairie a vraiment bien fait son boulot pour empêcher quiconque d'entrer dans ce manoir. Et nous, on est faits comme des rats ! On n'aurait jamais dû suivre Bastien ici…

– Et il l'a payé très cher, rappelle Damien, sèchement.

– Comment on va faire, maintenant ? se lamente Élodie. On tourne en rond, il n'y a aucune issue.

– Il reste la solution de la cave, se hasarde Alice.

– La cave ? reprend Damien. Mais pourquoi il y aurait une sortie au sous-sol ?

– Peut-être que la cave a un escalier donnant sur l'extérieur, on n'en sait rien, réplique Franck. Mais si on ne prend pas la peine d'aller voir, impossible de savoir comment sont les choses en bas.

– C'est notre dernière chance, déclare Alice.

– On y va ensemble alors, annonce Damien.

– Non ! s'exclame soudain Élodie, à nouveau gagnée par la peur. Je veux pas y aller !

Tout le monde se tourne vers la plus jeune, qui se recroqueville dans un coin de la pièce.

– Élodie, je sais que c'est dur, mais on va s'en sortir, explique gentiment Alice. Pourquoi tu refuses d'aller à la cave ?

– J'ai peur du noir… Je vous en prie, ne me forcez pas à y aller.

– On a une lampe torche sur mon téléphone, répond Damien. Tu vas voir, tout va bien se passer. Si on reste ensemble, il ne peut rien nous arriver.

– Mais si le tueur nous attaque avec son couteau ? Et s'il a un pistolet ? Dans le noir, on n'y verra rien, lampe ou pas ! C'est trop dangereux, si vous plaît, ne m'obligez pas à y aller…

La jeune fille éclate en sanglots sous les regards impuissants de ses aînés. Aucun d'eux ne sait comment réagir alors que ses pleurs redoublent d'intensité.

– D'accord, je reste ici avec toi, accepte Damien.

Élodie est soulagée et se jette dans ses bras.

– Merci, Damien, merci !

Le jeune homme soupire en désignant le placard qui se trouve dans un angle de la véranda, sous le grand escalier du hall.

– Mais on va se cacher ici. On s'éclairera avec mon téléphone. Dès qu'Alice et Franck reviennent ici, on rouvre la porte. Ça te va, Élodie ?

Elle acquiesce, bien que toujours anxieuse. Et c'est ainsi qu'elle et Damien se retrouvent enfermés dans ce grand placard à balais. À présent, je dois décider si je reste avec eux ou si je suis Alice et Franck dans leur périple jusqu'à la cave… Pourquoi ai-je l'impression que ce choix, plus que ceux d'avant, déterminera la suite des événements ? Je dois décider avec mon instinct plus que jamais.

Je me rends à la cave ? Rendez-vous au chapitre 35.

Je reste dans la véranda ? Rendez-vous au chapitre 36.

35.

20 h 40 — Dans la cave

Je décide de suivre Alice et Franck dans leur périple jusqu'au sous-sol de la maison. À peine ont-ils quitté la véranda que Franck attrape la main d'Alice. Je sens leurs pouls s'accélérer et leurs cœurs battre à l'unisson.

– Pour nous rassurer tous les deux, précise Franck.

Alice acquiesce et ils traversent la salle à manger, débouchant dans la cuisine. À chaque nouvelle pièce, l'angoisse de découvrir le tueur ressurgit.

Alice tient son téléphone de sa main libre, Franck, sa batte de base-ball. Ensemble, ils descendent à la cave, Franck passant en premier. Il y a quelques années – j'étais déjà morte depuis longtemps –, j'y suis restée quelques mois dans le noir complet. Je me trouvais au plus mal, d'une faiblesse absolue. Je me languissais de passer dans l'au-delà, le vrai, je ne comprenais pas pourquoi je n'avais pas traversé, comme le reste de ma famille.

Aujourd'hui, je m'interroge : est-ce que c'était justement pour vivre cette soirée ? Pour démasquer le meurtrier des miens ? Je n'en ai aucune idée, et je ne vois pas comment assister au massacre d'une bande d'adolescents pourrait m'aider en quoi que ce soit.

Malgré leur angoisse, les deux jeunes finissent par aboutir à la cave. À droite, le long du mur, un garde-manger, où de vieilles conserves subsistent. À gauche, une buanderie. Le linge étendu sur un fil est sec depuis trop longtemps. Rongés aux mites, les pantalons, robes et chemises paraissent comme rigidifiés par la poussière.

– Il n'y a personne, murmure Franck. On continue d'avancer.

Très vite, les deux amis arrivent au bout du chemin. Le sous-sol du manoir n'en couvre qu'une petite partie. Pourtant, là, sur le côté, il y a une porte. Franck et Alice s'y précipitent. Mais quand Alice ouvre le loquet et pousse le battant, celui-ci résiste.

– C'est fermé ! Bien entendu, à quoi je m'attendais ?

Franck essaye à son tour, mais rien n'y fait. Il se penche vers un trou dans le bois pour regarder de l'autre côté.

– Il y a un escalier ! Il a l'air de donner sur l'extérieur !

La porte a été condamnée par deux planches en bois clouées de l'autre côté du mur, à l'extérieur de la maison.

– Le bois est super abîmé, commente Franck. Je suis sûr qu'on peut arriver à l'arracher et à ouvrir cette porte !

Alice et lui se mettent à tirer à l'unisson, passant leurs doigts dans les interstices de la porte rongée par le temps. Malgré leurs efforts, elle résiste.

– Aïe ! s'exclame Franck.

– Qu'est-ce qui se passe ?

– Une écharde…

Alice saisit sa main et entreprend d'examiner la plaie. L'écharde est épaisse, facile à enlever. Elle tire doucement dessus pour la retirer.

– Merci.

Les deux adolescents se regardent un instant. Un moment suspendu au milieu de l'horreur. J'aimerais qu'ils s'avouent leurs sentiments, ici et maintenant. Mais au lieu de ça, Alice toussote.

– Il faudrait qu'on trouve un outil pour arracher les planches de bois.

– Un pied-de-biche ?

– Ce serait l'idéal.

Les deux jeunes se mettent à fouiller la cave à la recherche de l'outil. Encore un petit effort, et ils seront dehors…

Je reste dans la cave. Rendez-vous au chapitre 37.

36.

20 h 40 — Dans la véranda

Damien et Élodie sont à l'étroit dans le placard à balais. Le téléphone de Damien est allumé. Son écran éclaire leur visage d'un reflet bleuté. Ironiquement, ils ont l'air de deux fantômes. Élodie serre les dents et ne dit rien alors qu'ils sont enfermés là, genoux contre genoux. Le temps va leur sembler long, dans l'angoisse du retour d'Alice et Franck. Soudain, je m'inquiète : je crois bien que le tueur arrive dans la véranda. Sa présence malveillante se déplace à l'étage, jusqu'à l'escalier. Je sens l'angoisse monter en moi. Il descend en silence et tourne à gauche. Je n'ai pas le temps de bouger qu'il est face à moi, dans la véranda, sa capuche et une cagoule noire camouflant presque entièrement son visage dans la pénombre de la pièce À l'intérieur du placard, Élodie et Damien l'ont entendu, eux aussi. Damien pose un index tremblant sur ses lèvres pour signifier à Élodie de ne pas parler. Il éteint son téléphone pour ne pas se faire repérer. La jeune adolescente ferme les yeux, malgré la terreur qui la saisit tout entière. Damien fait glisser sa main jusqu'à la porte du placard tout doucement, appuyant légèrement dessus pour la bloquer. Si le tueur découvre leur présence ici, s'il veut s'en prendre à eux, alors rien de tout cela ne suffira… Je me sens complètement inutile, une fois de plus. Pourtant, j'ai récupéré quelques forces depuis le début de cette soirée, je le ressens bien. J'ai pu faire bouger des objets, parfois malgré moi. Je m'approche du tueur dans la véranda. Il en fait le tour, minutieusement. M'approcher de lui me fait mal. Incroyable, car je ne pensais pas pouvoir ressentir de la douleur… une douleur physique. Je n'ai qu'une envie : m'enfuir. Est-il un danger pour moi aussi ? Il ne peut pourtant pas m'atteindre, non ?

Lentement, il s'approche du placard. C'est imminent, il va essayer de l'ouvrir. Je dois absolument aider Damien et Élodie, vite ! Je me précipite dans la bibliothèque, en face de la véranda, de l'autre côté du hall. Là, je m'arrête devant la première étagère de livres et j'essaye d'en agripper un. Mes doigts traversent le papier, il faut que je me concentre. Je *dois* y arriver. Je gratte la surface de la couverture, encore et encore, m'agaçant que cela ne fonctionne pas. Allez, Gwen ! Tu peux le faire ! Soudain, le papier apparaît sous mes doigts et, d'une simple pression, je fais voler le livre par terre. Le boucan qu'il fait en tombant devrait suffire à ramener le tueur jusqu'ici !

J'entends ses pas dans le couloir, il arrive. Damien et Élodie sont sauvés. Pour le moment…

À présent, le tueur est face à moi. Il cherche dans la bibliothèque, excédé, mais ne trouve rien. Que j'aimerais pouvoir l'attaquer, lui faire peur ! Qu'il arrête de s'en prendre à ces adolescents innocents ! Je me suis attachée à eux. Ils ne méritent pas de finir comme moi. Pourquoi ce manoir attire-t-il des assassins ? Pourquoi nous, il y a vingt ans, pourquoi eux, ce soir ? De rage, je traverse l'homme face à moi. J'aimerais le voir souffrir, lui faire du mal. Autant de mal qu'il en a fait à Bastien et Clara ! Je le traverse encore et encore. Au mieux, je lui provoque quelques frissons. Je n'ose même pas tenter de m'immiscer dans son esprit. Il y a quelque chose qui m'en empêche, une barrière invisible autour de mon âme. Comme s'il pouvait me faire du mal… Finalement, il s'échappe vers le salon. Je n'ose pas le suivre, alors je décide de retourner avec Damien et Élodie dans la véranda.

Je retourne dans la véranda. Rendez-vous au chapitre 38.

37.

20 h 45 — Dans la cave

Franck et Alice cherchent dans la cave un outil pour ouvrir la porte donnant sur l'extérieur. Mais dans le bazar de la pièce, il ne semble rien y avoir qui puisse vraiment les aider.

– Peut-être que je peux tenter avec ma batte de base-ball ? propose Franck.

– On peut toujours essayer…

Franck tire un peu sur l'une des planches pour agrandir un trou de quelques centimètres. Il parvient à introduire la base de la batte de base-ball à l'intérieur, puis, avec son amie, il tire de toutes ses forces pour faire levier. Mais la porte ne cède pas, bien au contraire. Alice est projetée au sol lorsque la batte se brise.

– Alice ! Ça va ?

Franck lui tend la main et elle se relève, époussetant sa jupe.

– Ça va, plus de peur que de mal. Je crois que notre technique n'est pas très efficace…

Franck soupire et se laisse glisser au pied de la porte.

– J'ai l'impression qu'on n'y arrivera jamais.

– Eh, dis pas ça. C'est toi qui es le plus optimiste depuis le début, non ?

– Oui, mais là… Je perds espoir.

Alice se laisse glisser près de lui. Les deux adolescents restent quelques secondes assis contre la porte avant que la jeune fille se décide à poser la tête sur l'épaule de son ami. Le cœur de Franck bat à tout rompre. Il attrape la main d'Alice avec douceur.

– Si on s'en sort… commence-t-il.

– Oui ?

– Tu voudrais bien un date avec moi ?

L'adolescente glousse nerveusement avant de répondre.

– Ben oui, bien sûr.

– J'avais peur de me prendre un râteau…

– Pfff… T'es vraiment pas doué pour comprendre les filles.

Ils sourient tous les deux et restent un instant sans rien dire. Je m'approche pour mieux m'imprégner des jolis effluves de leur flirt. Franck, qui réfléchit au programme de ce rendez-vous, hésitant entre cinéma et bar branché. Alice, qui imagine leur premier baiser sous la pluie.

– On devrait retourner dans la véranda et chercher un truc pour ouvrir la porte, propose Franck tout d'un coup. Il y avait des outils de jardinage au sol. On trouvera peut-être ce dont on a besoin ?

Alice acquiesce et, ensemble, ils remontent jusqu'à la cuisine, direction la véranda. J'ai peur de ce qu'ils vont y trouver, car je sens une énergie négative là-haut… Si seulement je pouvais les prévenir !

Je rejoins la véranda. Rendez-vous au chapitre 39.

38.

20 h 45 — Dans la véranda

Damien et Élodie sont prostrés dans le placard à balais, terrifiés. Je les comprends. Heureusement, le tueur est loin maintenant, je le sens. J'aimerais pouvoir leur dire qu'ils ne craignent rien, qu'ils peuvent sortir en toute tranquillité, que je les protège. Mais même si je pouvais m'adresser à eux, ce serait un mensonge. Je me sens impuissante. Je ne suis même pas sûre de pouvoir reproduire ce que j'ai fait à l'instant dans la bibliothèque.

Je me ressaisis. Ce livre tombé, c'était un début. Mais si je veux gagner en force et les protéger, je dois m'entraîner. C'est la seule solution. Alors, je sors du placard. La véranda sera ma salle d'entraînement ! Je me déplace à travers elle, cherchant des moyens de m'exercer. D'abord, il y a ce pot de fleurs vide, dont le contenu a été renversé par terre, sûrement le soir du massacre de ma famille. Il est en fer, léger et robuste. Pas trop gros, mais pas trop petit non plus. Je me place devant et je me concentre, cherchant à le faire bouger avec mes deux mains. Il me faut un énorme effort de concentration pour y arriver, mais c'est tout de même moins difficile que pour le livre dans la bibliothèque tout à l'heure. Finalement, le pot bouge, roulant de quelques centimètres. C'est bien ! Ce n'est pas grand-chose, mais c'est déjà ça.

Ensuite, je m'attaque à un exercice plus difficile : ouvrir le tiroir du petit meuble en bois. La poignée glisse entre mes doigts de spectre pas tout à fait matériels. Il faut que je m'y reprenne à plusieurs reprises, formant un cône avec mes doigts. C'est franchement agaçant, mais j'arrive à me contenir. Plus j'avance dans la bonne direction, plus je me sens utile et heureuse. Finalement, j'en suis persuadée : si je suis restée si longtemps sur terre après ma mort, c'est pour vivre cette soirée et aider les derniers survivants de ce groupe à s'en sortir. Après ça, je serai en paix et je pourrai enfin rejoindre l'au-delà ! Retrouver mes parents, mon frère…

Quand je parviens enfin à ouvrir le tiroir, j'y découvre un tas de bibelots et une carte postale. Bien entendu, la carte postale attire mon attention, car elle ressemble à toutes les autres découvertes plus tôt par le groupe. Je ne vois que le dos de la carte, avec l'adresse et ce « Bientôt » écrit au marqueur. Dire que chaque membre de ma famille a reçu une carte comme celle-ci, et que nous l'avons tous cachée quelque part au lieu d'en parler. Celle-ci est à Jules, il adorait passer ses après-midi dans la véranda. Mes parents râlaient toujours qu'il déménageait tous les jouets de sa chambre ici, surtout les Lego. Je me rappelle que le soir du meurtre, ils l'avaient obligé à ranger pour la première fois depuis un mois au moins. Jules avait boudé le reste de la soirée, aussi, il avait quitté la table plus tôt sans prendre de dessert. Quand j'y repense, notre dernière interaction familiale est une dispute…

Je laisse mes doigts crocheter comme ils le peuvent le carton pour retourner la carte. Au bout de trois essais infructueux, j'y arrive enfin. Je découvre l'image qui se cachait derrière celle-ci. Une mère tenant son bébé dans ses bras. C'est à n'y rien comprendre, mais les cartes découvertes devraient toutes pouvoir m'éclairer sur leur signification générale. J'ai l'intuition qu'elles forment comme un puzzle.

Finalement, Damien sort timidement du placard, à l'affût du moindre bruit. Soudain, il sursaute comme s'il avait vu un fantôme. Moi, en l'occurrence. Mais non, ce ne sont qu'Alice et Franck qui viennent d'arriver.

Je reste dans la véranda. Rendez-vous au chapitre 40.

39.

20 h 50 — Dans la véranda

Alice et Franck avancent prudemment dans le manoir. Avant même qu'ils arrivent à la véranda, je sens ce qui les attend, et cela me désespère. Alice entre en premier dans la pièce et étouffe un cri d'effroi. Devant eux, le corps sans vie de Damien, poignardé à l'abdomen. Sa jambe droite forme un angle douloureux, sa bouche est entrouverte comme dans un dernier souffle, et ses yeux vitreux fixent les nouveaux arrivants.

– Damien ! murmure Franck.

Mais il est déjà trop tard, il le sait bien en arrivant devant le corps de son ami. Il n'ose même pas poser les mains sur lui.

– Où est Élodie ? chuchote Alice.

Franck se relève et ouvre la porte du placard. À son grand soulagement, la jeune fille est bien là, vivante. Recroquevillée par terre, la tête entre ses mains. Franck l'aide à sortir et la serre dans ses bras.

– Tu es blessée ? demande Alice. Il t'a fait du mal ?

– Non, non, ça va... Mais Damien...

Alice et Franck lui cachent comme ils peuvent le corps de leur ami, mais c'est peine perdue. L'adolescente a sûrement assisté à tout.

– On l'a entendu arriver. On a éteint la lumière. Damien m'a poussée jusqu'au fond du placard, il m'a dit de ne pas faire de bruit, quoi qu'il arrive. Le tueur était là, il tournait dans la pièce... Et puis quand il a fini par ouvrir le placard, Damien s'est jeté sur lui. Ils se sont battus, je les ai entendus. Puis Damien a gémi et après, il n'y a plus eu de bruit. J'ai entendu des pas qui repartaient vers le hall, puis vous êtes arrivés.

– Damien lui a sauvé la vie, commente Franck. C'est un héros.

Alice acquiesce, des larmes plein les yeux.

– Il ne reste que nous trois à présent, annonce Franck. On doit survivre. Que Bastien, Clara et Damien ne soient pas morts pour rien.

Élodie ravale un sanglot et s'essuie le nez d'un revers de main. Les trois adolescents prennent quelques minutes pour encaisser leur perte, avant de se reprendre.

– Il y a une bâche dans le placard, annonce Franck. On va le recouvrir avec.

Délicatement, ils déplacent le corps de Damien dans un coin de la pièce et le recouvrent de la bâche en plastique. Ensuite, ils se mettent en quête d'un outil pour défoncer la porte de la cave. Alice trouve une binette et une barre en métal fine.

– Ça devrait faire l'affaire, commente Franck. Il faut qu'on redescende à la cave, maintenant. Élodie, cette fois-ci, tu n'as pas le choix, tu dois venir avec nous.

L'adolescente acquiesce. Je perçois dans son esprit un grand sentiment de culpabilité. Si elle n'avait pas insisté pour rester ici, Damien serait toujours en vie… Et moi, je m'en veux aussi. Si j'avais choisi de rester ici plutôt que de descendre à la cave, peut-être que j'aurais pu aider Damien ? Peut-être que j'aurais pu arrêter le tueur ? Je ressens une certaine énergie depuis la mort de Clara, comme si elle m'avait nourrie. La mort de Damien aussi, en un sens. J'ai honte de le reconnaître, mais je me sens de plus en plus vivante maintenant qu'eux sont morts.

Surtout, je ressens la présence du tueur pas loin de nous, dans la bibliothèque. J'ai envie d'aller là-bas, de l'affronter. Pourquoi pas, après tout ? Mais si je fais cela, alors j'abandonne les trois survivants à leur sort. Je ne pourrai pas leur venir en aide. C'est à moi de décider…

Je rejoins la cave ? Rendez-vous au chapitre 41.

Je me rends dans la bibliothèque ? Rendez-vous au chapitre 43.

40.

20 h 50 — Dans la véranda

Alice, Franck, Damien et Élodie se retrouvent avec soulagement.

– Le tueur est venu ici, précise Damien. Je ne sais pas comment nous nous en sommes sortis... Il était si près du placard. J'ai cru qu'il allait l'ouvrir !

– Il y a eu un bruit dans une autre pièce, complète Élodie. C'est ça qui l'a fait partir. C'est vous qui avez fait tomber quelque chose ?

Alice et Franck font non de la tête, et je sens un certain doute s'installer dans leur esprit.

– Je pense que c'est le fantôme, ajoute Élodie. Il nous suit depuis le début.

Les trois adolescents se regardent, interloqués, mais décident de ne pas relever ce que vient de dire la jeune adolescente. Tous doivent penser qu'elle est encore choquée du meurtre de son frère et prête à raconter n'importe quoi pour se rassurer.

– Qu'est-ce que ça a donné, pour la cave ? demande Damien.

– Il y a une sortie potentielle, répond Franck. Mais il faut enlever les planches de bois d'une vieille porte qui a été condamnée. C'est compliqué, mais pas impossible. Et surtout beaucoup plus simple que d'essayer de casser un mur de briques ou de scier les barreaux des fenêtres.

– Il va falloir trouver les bons outils pour y arriver, précise Alice. C'est pour ça qu'on est revenus ici.

Les quatre adolescents se mettent à fouiller la véranda, cherchant un outil pour défoncer la porte de la cave. Après quelques minutes de recherche dans le placard et dans la pièce, Alice trouve une binette et une barre en métal fine.

– Ça devrait faire l'affaire, commente Franck. Il faut qu'on redescende à la cave, maintenant. Élodie, cette fois-ci, tu n'as pas le choix, tu dois venir avec nous. Hors de question de se séparer de nouveau. Il faut qu'on se rapproche de la seule sortie possible.

La jeune fille acquiesce, mais pointe du doigt le tiroir que j'ai ouvert tout à l'heure.

– Regardez, il y a une nouvelle carte postale ici !

Les trois adolescents se précipitent dessus et l'observent. Puis Alice sort de sa besace les trois autres cartes postales découvertes par le groupe plus tôt et les dépose sur le petit meuble.

– Tout cela nous raconte une histoire, précise-t-elle. Je pense que le tueur a envoyé ces cartes à chaque membre de la famille Dramont pour les menacer, quelques semaines avant leur meurtre. Elles montrent le mobile du crime.

Damien entreprend de filmer les quatre cartes en commentant leur contenu.

– Un enfant qui tient la main de son père, un bébé dans les bras de sa mère, une maison au bord de la mer et un homme d'affaires en costume.

– On dirait une histoire familiale qui aurait mal tourné, commente Franck.

– Avec ce qu'on a trouvé dans le grenier, ça aurait du sens, précise Alice. Henri Dramont, le père de famille, avait sûrement un enfant caché.

– Quelqu'un aurait voulu faire payer la famille entière pour ça ? se hasarde Franck.

Les autres acquiescent, mais les réflexions du groupe sur le meurtre de ma famille s'arrêtent là. Moi, elles me laissent perplexe. Alors, j'ai sûrement un grand frère ou une grande sœur dont je ne connais pas l'existence ? Et pourquoi serait-ce une raison de nous tuer ?

– Bon, on n'a pas vraiment le temps de continuer l'enquête, explique Damien. Et puis, c'était il y a vingt ans. Pourquoi on s'en prendrait à nous ? On n'a aucun lien avec les Dramont. Et puis, quand bien même, ça ne nous aiderait pas à sortir de ce manoir.

– Tu as raison, admet Alice. Descendons à la cave.

Je peux les suivre, mais je peux aussi décider de rester ici et de continuer l'enquête sur le meurtre de ma famille.

Contrairement à eux, moi, ça m'intéresse de savoir pourquoi ma famille a été massacrée. J'ai le droit de savoir, de comprendre ce qui m'est arrivé il y a vingt ans. Pour cela, rien de mieux que la bibliothèque, où se trouve le bureau de mon père.

Je rejoins la cave ? Rendez-vous au chapitre 42.

Je préfère aller dans la bibliothèque ? Rendez-vous au chapitre 44.

41.

20 h 55 — Dans la cave

Franck, Alice et Élodie se dirigent lentement vers la cuisine pour descendre à la cave. Élodie filme tout ce qui se trouve autour d'elle, tout en tenant la main d'Alice. La lumière du téléphone de Damien doit la rassurer, quelque part. Elle a repris le flambeau du garçon. Franck est toujours devant, sa batte de base-ball brandie, tandis qu'Alice le suit de près avec les outils découverts dans la véranda. La batterie de son propre téléphone a terminé de se vider il y a quelques minutes et le groupe ne peut plus s'éclairer qu'avec celui de Damien.

Ils descendent à la cave avec précaution. Élodie est chargée de rester en bas de l'escalier menant à la cuisine pour surveiller que le tueur n'arrive pas. Elle a pour mission de crier le plus fort possible si c'est le cas. Alice et Franck, eux, sont près de la porte qui donne sur l'extérieur. Avec la binette et la barre de fer, ils tentent de l'ouvrir, de défoncer les planches de bois vermoulues qui la maintiennent fermée.

– Fais levier avec la barre de fer, commande Alice.

Son ami acquiesce et ensemble, ils poussent, tirent de toutes leurs forces. Je me décide à essayer de les aider, à ma manière. Je glisse mes doigts spectraux dans les interstices, utilise la force que j'ai retrouvée pour tirer avec eux. Au bout d'un moment, la planche vermoulue cède et se brise en deux. Dans le trou de quelques dizaines de centimètres de hauteur et à peine dix de large, on aperçoit le clair de lune, tout en haut de l'escalier.

Franck passe la main à travers le trou et attrape la poignée de la porte de l'autre côté. Il la fait bouger et, avec Alice, il appuie dessus de toutes ses forces. Mais elle ne craque toujours pas.

– Je vais utiliser la binette pour faire céder la planche horizontale, annonce Franck.

Le jeune homme s'attelle à la tâche tandis qu'Alice continue d'arracher ce qu'elle peut de son côté avec la barre de fer.

– J'y suis presque, encore un petit effort… Je sens les clous qui cèdent ! se réjouit Franck.

On entend un bruit derrière la porte, et le bois craque enfin.

– Oui, ça y est ! Ce sera beaucoup plus simple d'enlever les autres planches maintenant !

Alice et lui redoublent d'efforts, mus par l'espoir fou de sortir enfin. Ils parviennent à enlever une seconde planche verticale, créant un grand trou de plus de trente centimètres de large dans la porte.

– C'est suffisant pour sortir ? demande Alice.

Mais le garçon n'a pas le temps de lui répondre. Il fait un bond en arrière en hurlant alors qu'une silhouette apparaît derrière la porte. Le tueur ! L'homme encagoulé hurle de rage en défonçant ce qu'il reste du battant.

– Courez ! hurle Franck à son tour.

Élodie se presse dans l'escalier qui monte vers la cuisine, Alice la suit en récupérant la batte de base-ball, tandis que Franck se relève et parvient à s'échapper aussi. Mais le tueur est sur ses talons, à quelques centimètres de lui. Je voudrais crier, les aider, l'empêcher de monter, mais j'en suis incapable. Au lieu de ça, je n'arrive qu'à créer un champ électrique qui fait trembler les murs et exploser la seule ampoule restante dans la cuisine. Quand Franck y arrive enfin, le tueur brandit son couteau. Je m'interpose, espérant pouvoir protéger l'adolescent. Mais je n'en ai pas besoin. Alice, qui s'était cachée derrière un placard, surgit, la batte de base-ball à la main. Elle assène un énorme coup dans le dos du tueur qui tombe au sol. Elle le frappe une deuxième fois au visage. J'entends ses os craquer alors qu'il perd connaissance.

Franck et Élodie se tournent vers Alice, qui tient toujours la batte de base-ball en main, haletante. Après un instant de stupeur, ils se jettent dans les bras les uns des autres.

Je reste dans la cuisine. Rendez-vous au chapitre 45.

42.

20 h 55 — Dans la cave

Le groupe se dirige lentement vers la cuisine, pour descendre à la cave. Damien filme tout ce qui se trouve autour de lui, en tenant la main d'Élodie. La lumière du téléphone du garçon semble la rassurer. Franck est toujours devant, sa batte de base-ball brandie, tandis qu'Alice le suit de près avec les outils découverts dans la véranda. Ils descendent à la cave avec précaution. Élodie est chargée de rester en bas de l'escalier menant à la cuisine pour surveiller que le tueur n'arrive pas. Elle a pour mission de crier le plus fort possible si c'est le cas. Alice et Franck sont face à la porte du fond de la cave, celle qui donne sur un escalier remontant dans l'arrière-cour du manoir. Damien les filme, ne sachant pas vraiment comment se rendre utile. La batterie du téléphone d'Alice a terminé de se vider il y a quelques minutes et le groupe ne peut plus s'éclairer qu'avec celui de Damien. Avec la binette et la barre de fer, Alice et Franck tentent d'ouvrir la porte, de défoncer les planches de bois vermoulues qui la maintiennent fermée.

– Fais levier avec la barre de fer, commande Alice à Franck.

Son ami acquiesce et, ensemble, ils poussent, tirent de toutes leurs forces. Je me décide à tenter de les aider, à ma manière. Je glisse mes doigts fantomatiques dans les interstices, utilise la force que j'ai retrouvée pour tirer avec eux. Au bout d'un moment, la planche vermoulue cède et se brise en deux. Dans le trou de quelques dizaines de centimètre de hauteur et à peine dix de large, on aperçoit le clair de lune.

Franck passe la main à travers le trou et attrape la poignée de la porte de l'autre côté. Il la fait bouger et, avec Alice, il s'appuie dessus de toutes ses forces.

– Attendez, je vous aide, propose Damien.

Il les rejoint et ils poussent encore plus fort sur la porte. Mais elle résiste toujours.

– Je vais utiliser la binette pour faire céder la planche horizontale, annonce Franck.

Le jeune homme s'attelle à la tâche tandis qu'Alice continue d'arracher ce qu'elle peut de son côté avec la barre de fer.

– J'y suis presque, encore un petit effort… Je sens les clous qui lâchent ! se réjouit Franck.

On entend un bruit derrière la porte et le bois cède enfin.

– Oui, ça y est ! Ce sera beaucoup plus simple d'enlever les autres planches maintenant !

Alice et lui redoublent d'efforts, mus par l'espoir fou de sortir. Damien lâche enfin son téléphone et arrache un bout de planche lui-même. Ils parviennent à enlever une seconde planche verticale, créant un grand trou de plus de trente centimètres de large dans la porte.

– C'est suffisant pour sortir ? demande Alice.

Mais les autres n'ont pas le temps de lui répondre. Il fait un bond en arrière en hurlant alors qu'une silhouette apparaît derrière le battant. Le tueur ! L'homme hurle de rage en défonçant ce qu'il reste de la porte.

– Courez ! hurle Franck à son tour.

Élodie se presse dans l'escalier qui monte vers la cuisine, Alice la suit en récupérant la batte de base-ball, tandis que Franck se relève et parvient à s'échapper aussi. Damien, lui, reste pétrifié. Le meurtrier est dans la cave à présent, enragé. Damien court finalement vers l'escalier de la cuisine, mais trébuche. Le regard du tueur, lui, est rivé sur Élodie, qui vient de franchir le seuil de la cuisine, Alice et Franck sur ses talons.

Dans mon esprit, tout va trop vite. Je dois décider qui je vais protéger. Élodie, dans la cuisine avec Franck et Alice ? Ou bien Damien ici, qui est déjà à terre ? Un choix cornélien...

Je reste dans la cave ? Rendez-vous au chapitre 46.

Je remonte dans la cuisine ? Rendez-vous au chapitre 47.

43.

20 h 55 — Dans la bibliothèque

Je vais seule dans la bibliothèque, abandonnant à leur sort les trois adolescents survivants. Je ne fais pas cela de gaîté de cœur, mais il faut me comprendre. Pour la première fois depuis ma mort, j'ai l'impression de toucher au but. L'impression que le mystère qui entoure le massacre de ma famille pourrait enfin être résolu. Vais-je découvrir l'identité du meurtrier ? Vais-je obtenir la vengeance que j'attends depuis tant d'années, ou au moins les réponses à mes questions les plus torturantes ? En tout cas, les indices découverts par le groupe mènent à la même personne, mon père, Henri. Tout porte à croire qu'il menait une double vie, ici avec nous, et ailleurs avec une autre femme, un autre enfant. Ou peut-être que je me fais des idées ?

La bibliothèque est le meilleur endroit pour chercher de nouveaux indices. En effet, elle servait également de bureau à mon père, là, sous les belles fenêtres à petits carreaux. Un endroit parfait pour admirer le jardin pendant qu'il travaillait. Aujourd'hui, les fenêtres sont pleines de barreaux et à moitié murées, mais le splendide bureau en acajou et son fauteuil confortable en cuir sont toujours là. Je n'ai jamais fouillé dedans, c'était interdit. D'ailleurs les tiroirs de l'imposant meuble sont fermés par des cadenas, mangés par la rouille. C'est quelque chose qui aurait dû me mettre la puce à l'oreille sur les secrets gardés farouchement par mon père pendant toutes ces années. Il va falloir que j'ouvre les cadenas, à présent…

Je me concentre et place la main dans le tiroir. Je commence à sentir l'autre extrémité de la serrure sous mes doigts. Est-ce que je vais y arriver ? Je me concentre un peu plus, faisant le vide dans mon esprit. Un coup sec et voilà que le tiroir s'ouvre ! Les vieux cadenas rouillés n'auront pas résisté longtemps. Il me suffit à présent de recommencer sur les quatre autres devant moi.

Je me retrouve ainsi avec des tonnes de dossiers au papier jauni. Un tri rapide me permet d'écarter tout ce qui concerne le travail de mon père. Mais un dossier assez fin, caché sous un tas d'autres, attire mon attention. Il a écrit « personnel » de son écriture en pattes de mouche, au stylo-plume. Je l'ouvre avec un peu d'appréhension. Dedans, je découvre des lettres. Une bonne trentaine, datées de 1982 à 1999. Dix-sept ans de correspondance. Sur les premières, l'écriture minutieuse d'un adulte, peut-être une femme, et quelques dessins d'enfant. Il est écrit « papa » en lettres grossières et tremblotantes. Puis l'écriture change, devient celle d'un enfant ayant appris à écrire, d'abord hésitante et grossière, puis de plus en plus assurée. Toutes ces lettres ont un unique destinataire, mon père. J'ai du mal à encaisser le choc. Je parcours les premières, découvrant les mots d'une certaine Marylise. La femme s'adresse à « *son cher Henri* ». Elle lui parle de Laurent, son fils, qui grandit. Elle se languit de le retrouver, espère qu'il pourra leur rendre visite bientôt. Je saisis d'autres courriers, découvre que Laurent grandit et écrit lui-même à « *son papa chéri* ». Lui aussi a hâte de le revoir. Marylise disparaît des lettres en 1995. Laurent évoque son décès. Il parle aussi de ce père qu'il ne voit plus. De *mon* père, qu'il ne voit plus. Dès 1998, ses missives ressemblent à des insultes, des menaces. « *Je vais tout révéler à ta femme* », « *Je sais où tu habites* », « *Si tu arrêtes de m'envoyer de l'argent, c'est fini* ». Est-ce que mon père répondait à ces lettres ? Il semblerait qu'il ait arrêté en 1991, à la naissance de Jules. Pourtant Marylise, puis Laurent, ont continué de lui écrire. J'aimais mon père, mais je ne peux m'empêcher de trouver cette attitude monstrueuse.

Quel âge avait Laurent au moment de notre mort ? Si j'en crois les documents, il est né en 1978, trois ans avant le mariage de mes parents. En 2002, il avait donc plus de vingt-cinq ans. Se pourrait-il que le tueur, ce soit lui ? S'est-il vengé de mon père, de son père, en assassinant sa famille ?

Je ne sais pourquoi, mais mon instinct me dit de me rendre dans la chambre de mes parents pour continuer mes investigations. J'ai aussi le devoir de protéger le groupe, dont je ressens la présence dans la cuisine. Élodie en particulier, a besoin de moi. C'est un choix difficile…

Je rejoins la cuisine ? Rendez-vous au chapitre 45.

Je me rends dans la suite parentale ? Rendez-vous au chapitre 48.

44.

20 h 55 — Dans la bibliothèque

Je vais seule dans la bibliothèque, abandonnant à leur sort les quatre adolescents survivants. Je ne fais pas cela de gaîté de cœur, mais il faut me comprendre. Pour la première fois depuis ma mort, j'ai l'impression de toucher au but. L'impression que le mystère qui entoure le massacre de ma famille pourrait enfin être résolu. Vais-je découvrir l'identité du meurtrier ? Vais-je obtenir la vengeance que j'attends depuis tant d'années, ou au moins les réponses à mes questions les plus torturantes ? En tout cas, les indices découverts par le groupe mènent à la même personne, mon père, Henri. Tout porte à croire qu'il menait une double vie, ici avec nous, et ailleurs avec une autre femme, un autre enfant. Ou peut-être que je me fais des idées ?

La bibliothèque est le meilleur endroit pour chercher de nouveaux indices. En effet, elle servait également de bureau à mon père, là, sous les belles fenêtres à petits carreaux. Un endroit parfait pour admirer le jardin pendant qu'il travaillait. Aujourd'hui, les fenêtres sont pleines de barreaux et à moitié murées, mais le splendide bureau en acajou et son fauteuil confortable en cuir sont toujours là. Je n'ai jamais fouillé dedans, c'était interdit. D'ailleurs les tiroirs de l'imposant meuble sont fermés par des cadenas, mangés par la rouille. C'est quelque chose qui aurait dû me mettre la puce à l'oreille sur les secrets gardés farouchement par mon père pendant toutes ces années. Il va falloir que j'ouvre les cadenas, à présent…

Je me concentre et place la main dans le tiroir. Je commence à sentir l'autre extrémité de la serrure sous mes doigts. Est-ce que je vais y arriver ? Je me concentre un peu plus, faisant le vide dans mon esprit. Un coup sec et voilà que le tiroir s'ouvre ! Les vieux cadenas rouillés n'auront pas résisté longtemps. Il me suffit à présent de recommencer sur les quatre autres devant moi.

Je me retrouve ainsi avec des tonnes de dossiers au papier jauni. Un tri rapide me permet d'écarter tout ce qui concerne le travail de mon père. Mais un dossier assez fin, caché sous un tas d'autres, attire mon attention. Il a écrit « personnel » de son écriture en pattes de mouche, au stylo-plume. Je l'ouvre avec un peu d'appréhension. Dedans, je découvre des lettres. Une bonne trentaine, datées de 1982 à 1999. Dix-sept ans de correspondance. Sur les premières, l'écriture minutieuse d'un adulte, peut-être une femme, et quelques dessins d'enfant. Il est écrit « papa » en lettres grossières et tremblotantes. Puis l'écriture change, devient celle d'un enfant ayant appris à écrire, d'abord hésitante et grossière, puis de plus en plus assurée. Toutes ces lettres ont un unique destinataire, mon père. J'ai du mal à encaisser le choc. Je parcours les premières, découvrant les mots d'une certaine Marylise. La femme s'adresse à « *son cher Henri* ». Elle lui parle de Laurent, son fils, qui grandit. Elle se languit de le retrouver, espère qu'il pourra leur rendre visite bientôt. Je saisis d'autres courriers, découvre que Laurent grandit et écrit lui-même à « *son papa chéri* ». Lui aussi a hâte de le revoir. Marylise disparaît des lettres en 1995. Laurent évoque son décès. Il parle aussi de ce père qu'il ne voit plus. De *mon* père, qu'il ne voit plus. Dès 1998, ses missives ressemblent à des insultes, des menaces. « *Je vais tout révéler à ta femme* », « *Je sais où tu habites* », « *Si tu arrêtes de m'envoyer de l'argent, c'est fini* ». Est-ce que mon père répondait à ces lettres ? Il semblerait qu'il ait arrêté en 1991, à la naissance de Jules. Pourtant Marylise, puis Laurent, ont continué de lui écrire. J'aimais mon père, mais je ne peux m'empêcher de trouver cette attitude monstrueuse.

Quel âge avait Laurent au moment de notre mort ? Si j'en crois les documents, il est né en 1978, trois ans avant le mariage de mes parents. En 2002, il avait donc plus de vingt-cinq ans. Se pourrait-il que le tueur, ce soit lui ? S'est-il vengé de mon père, de son père, en assassinant sa famille ?

Je ne sais pourquoi, mais mon instinct me dit de me rendre dans la chambre de mes parents pour continuer mes investigations. J'ai aussi le devoir de protéger le groupe. Un nouveau meurtre vient d'avoir lieu, je le ressens. Les survivants vont avoir besoin de moi. Élodie en particulier, a besoin de moi. C'est un choix difficile... Je sens leur présence dans la salle de bains. Ils ont dû s'y réfugier.

Je me rends dans la suite parentale ? Rendez-vous au chapitre 49.

Je rejoins la salle de bains ? Rendez-vous au chapitre 50.

45.

21 heures — Dans la cuisine

Tout est allé très vite. Le tueur gît sur le sol, inconscient. Alice n'y est pas allée de main morte avec la batte de base-ball. Les trois adolescents ne réfléchissent pas bien longtemps et décident de ligoter le meurtrier. Franck redescend chercher une corde au sous-sol tandis qu'Alice réfléchit à la meilleure solution. Elle pousse le corps du tueur jusqu'à la cuisinière, alors que Franck revient.

– J'ai trouvé quelque chose, ça devrait faire l'affaire.

Il déroule un long câble électrique. Ensemble, Alice et lui relèvent le meurtrier en position assise, le dos contre un placard de cuisine. Ils entreprennent de le ligoter avec le câble en le passant dans deux poignées de placard. Cela semble fonctionner. Mais ce que j'attends surtout, c'est qu'ils retirent sa cagoule, pour enfin découvrir de qui il s'agit.

– On la lui enlève ? demande Franck, comme s'il m'avait entendue.

Alice acquiesce. Ensemble, ils tirent la cagoule et découvrent le visage ensanglanté d'un homme d'une quarantaine d'années, blafard, rasé de près, la calvitie naissante. Une scène digne d'un épisode de *Scoobidoo*.

– Putain ! s'exclame Alice.

– C'est le maire ! reprend Élodie.

Je n'en crois pas mes oreilles. Le père de Clara, morte à l'étage, est le tueur qui décime le groupe d'adolescents depuis le début de la soirée ? Mais pourquoi ferait-il une chose pareille ? Et pourquoi avoir tué sa propre fille ? Au regard des trois autres, je vois qu'ils se posent les mêmes questions. Mais nous allons tous bientôt avoir nos réponses, car le meurtrier reprend conscience. Il lui faut quelques secondes pour comprendre la situation. Élodie recule d'un pas, effrayée, mais Alice la retient. La jeune femme fait face au tueur avec dignité, tout comme Franck.

– Laurent Pozzini en personne, murmure Franck. Qu'est-ce que vous avez à dire pour votre défense ?

– Ce n'est pas ce que vous croyez, clame-t-il. Je... Nous avons eu un appel paniqué des voisins qui ont entendu des cris dans le manoir. La police était déjà occupée, j'ai décidé d'intervenir moi-même. Pour vous sauver ! Le tueur est encore là, détachez-moi vite !

Son petit mensonge n'a aucune prise sur eux. Personne n'est dupe. Quand il s'en rend compte, il ôte son deuxième masque : celui, virtuel, de l'acteur jouant un rôle. Et ce qu'on aperçoit en dessous est terrifiant.

– Je ne voulais pas tuer Clara. Je voulais qu'elle ressorte d'ici en vie. C'était un accident.

– Et Bastien, et Damien ? s'insurge Alice. C'était un accident aussi ? Et nous, vous nous auriez tués aussi ?

– Je… je n'avais pas le choix.

– Pourquoi ? demande Franck. Qu'avons-nous fait de mal ?

– Vous alliez tout découvrir…

– Tout découvrir ? Mais quoi, au juste ? demande Alice.

C'est là que le tueur se mure dans son silence. Bien entendu, il ne voudra rien dévoiler de plus. Mais moi, je perçois quelque chose. Une intuition m'envahit. L'impression que cet homme qui m'est si familier, qui me fait si peur, est aussi l'homme qui m'a tuée il y a vingt ans, avec toute ma famille. Clara a dit que son père connaissait mes parents. Cela semble presque impossible, mais… Une rage nouvelle m'envahit. Je dois savoir, maintenant !

« *Laissez-le-moi !* » hurlé-je.

Je ne pensais pas que les vivants m'entendraient, mais un lot de casseroles en fonte bouge, faisant sursauter tout le monde.

– C'était quoi, ça ? s'interroge Franck.

– C'est le fantôme ! lance Élodie.

« *Laissez-le-moi !* » hurlé-je à nouveau.

Ils ont l'air terrifiés, surtout le tueur. Je crois que cette fois-ci j'ai bel et bien pénétré leur cerveau.

– Vous avez entendu la même chose que moi ? chuchote Franck.

Cette fois-ci, je suis réellement dans leur esprit.

– C'est pas possible, c'est vraiment un cauchemar, lance Alice. Après les meurtres, un fantôme !

– Bastien avait raison, le manoir est hanté, observe Franck.

« Je suis Gwendoline Dramont, annoncé-je. Laissez-moi l'interroger, je vous en prie. Je crois que cet homme a tué ma famille il y a 20 ans. »

– Un fantôme est en train de parler dans ma tête, prononce Alice, livide. Ça vous fait la même chose ?

« Je vous en supplie, j'ai besoin de votre aide. Laissez-le-moi. »

Alice et Franck s'observent silencieusement. Puis ils acquiescent.

– C'est d'accord, on va te laisser avec lui quelques minutes, tranche Alice.

Le meurtrier les implore du regard alors qu'ils quittent la pièce.

Je reste dans la cuisine. Rendez-vous au chapitre 51.

46.

21 heures — Dans la cave

Mon choix se porte sur Damien. Les autres peuvent s'en sortir, ils ont déjà réussi à monter l'escalier jusqu'à la cuisine. Mais le pauvre Damien est au sol, pétrifié aux pieds du tueur, qui brandit un couteau de cuisine au-dessus de lui. Vite, je dois l'aider ! J'ai beau être terrorisée, je me jette de toutes mes forces sur l'agresseur. Ma première tentative est un échec. Je me concentre encore plus. Cette fois-ci, je parviens à repousser son couteau loin de Damien. Le meurtrier est choqué, dans l'incompréhension la plus totale, mais au moins le pauvre Damien arrive à se relever. Il grimpe l'escalier alors que le tueur se demande encore ce qui vient de lui arriver. Il s'apprête à suivre Damien, mais je fais exploser une ampoule au-dessus de sa tête. Les éclats de verre et la surprise l'immobilisent quelques secondes de plus. Le temps pour moi de m'engouffrer derrière Damien, qui se précipite à la suite d'Élodie, Franck et Alice.

– À l'étage ! hurle Franck.

Tout le monde le suit, et moi avec. Nous remontons jusqu'au couloir qui dessert les chambres, et Franck entraîne ses amis au fond, dans la chambre de Jules. Ils s'enferment tous les quatre à l'intérieur, bloquant la porte avec une chaise de bureau et poussant même la commode devant. Les quatre adolescents reprennent leur souffle, vidés de toute énergie. Si je n'étais pas intervenue, Damien serait probablement mort à l'heure qu'il est…

– J'ai cru que j'allais y rester, lance Damien.

– On t'a laissé tout seul en bas… culpabilise Alice. Je suis vraiment désolée.

– Je crois que, quand il s'agit de survie, chacun agit par instinct. À votre place, je ne pense pas que j'aurais réagi différemment…

Je vois les visages des autres se détendre.

– En bas… reprend-il. Quelque chose m'a sauvé. J'aurais juré voir une lumière se déplacer, puis le tueur a été poussé sur le côté. Il n'y avait rien, pourtant son couteau est tombé.

– Un courant d'air, peut-être ? se hasarde Franck.

– Non, moi, je sais ce qui a provoqué ça, coupe Élodie. C'est le fantôme qui hante la maison !

Les autres se regardent, interloqués. Comme pour confirmer les dires d'Élodie, je me concentre pour faire bouger les jouets sur le sol de la chambre. Alice pousse un léger cri alors qu'un petit train atterrit sur son pied.

– Vous voyez ! rétorque Élodie. Il y a un fantôme ici ! Mais je crois qu'il est là pour nous aider.

– En attendant, ce n'est pas un spectre qui nous fera sortir d'ici ! annonce Franck. Ce taré est armé, mais, nous, on est en surnombre. Il faut qu'on en profite. C'est notre seule chance.

– On devrait lui tendre un piège, propose Alice tout bas.

– Qu'est-ce que tu veux dire ? demande Damien.

– Vous avez vu *Maman j'ai raté l'avion* quand vous étiez petits ? répond Alice. On devrait faire pareil.

Le film des années 1980 où un gamin réussit à échapper à des cambrioleurs en leur tendant des pièges ridicules ? La proposition d'Alice me laisse perplexe. D'ailleurs, les deux garçons, eux, ont l'air d'hésiter un instant à éclater de rire. Mais Élodie leur coupe l'herbe sous le pied et acquiesce en premier. Finalement, faute de mieux, Franck et Damien se rangent à l'avis d'Alice.

En silence, tout le monde s'active. Alice sort les draps du lit, Élodie récupère des billes et des Lego parmi les jouets de mon frère. Je les regarde faire, me demandant si c'est du génie ou de la folie. Damien attache des ceintures entre elles, directement trouvées dans la penderie de mon petit frère. Franck, lui, supervise le tout. J'espère que leur plan va fonctionner…

Je reste dans la chambre de Jules. Rendez-vous au chapitre 52.

47.

21 heures — Dans la cuisine

Je ne peux pas laisser le tueur avoir Élodie. Je me suis trop attachée à elle. Jules avait son âge quand il est mort. Et je n'ai rien fait pour l'aider, rien fait pour le protéger. Alors, en protégeant Élodie ce soir, j'ai l'impression de me racheter. Un peu.

Tandis que la jeune adolescente monte l'escalier, je me place en bas en espérant que je pourrai empêcher le meurtrier de la suivre. Mais il a trouvé une victime plus facile à atteindre. Le pauvre Damien n'a pas le temps de s'enfuir. Un coup de couteau, puis deux, puis trois. Le jeune homme baigne à présent dans une mare de sang. Le tueur délaisse déjà le corps de l'adolescent et se lance à la poursuite des trois autres. Je me concentre pour faire barrage. Ça fonctionne ! Je résiste à son élan et construis une barrière de protection. Un puissant halo argenté se dégage de mon corps, repoussant le tueur en bas des marches. C'est la première fois que quelque chose d'aussi fort m'arrive. J'en suis toute retournée. Alors que le halo disparaît, je me sens soudain faible. Il me faut quelques secondes pour me réorienter, retrouver mes marques. Heureusement, le tueur est toujours en bas. Il balaie la pièce d'un regard terrifié. Ce regard… ce regard m'est si familier, pourquoi ?

Surtout, j'ai l'impression que cet homme me brûle de l'intérieur. N'y tenant plus, je remonte dans la cuisine. Je sens la présence des trois survivants au-dessus de moi, à l'étage. Ils se sont de nouveau enfermés dans la salle de bains. Mais combien de temps ce simple verrou les protégera-t-il ? Je décide de les rejoindre, pour voir comment les aider. Peut-être que j'arriverai enfin à entrer pleinement en contact avec eux ?

Je me rends dans la salle de bains. Rendez-vous au chapitre 50.

48.

21 h 05 — Dans la suite parentale

Je monte jusqu'au premier étage, rejoignant la suite parentale. Quelque chose m'attire là-bas, je ne saurais exactement décrire ce sentiment. C'est à la fois inconnu et terriblement familier. Quand j'arrive sur place, je découvre avec stupeur que, sous le drap que ses amis ont posé sur elle, le corps de Clara s'illumine. Une lumière argentée brillante, étincelante. Est-elle visible des vivants, ou suis-je la seule à la voir ? Je m'en approche, irrésistiblement attirée.

À cet instant, je comprends que Clara est en train de devenir un fantôme. Un petit être primitif, luisant et chaud, repose sur son corps. J'étais comme ça moi aussi, au début de ma vie spectrale. Une forme encore inconsciente, mais présente tout de même. C'est la première fois que je rencontre un autre fantôme. Je suis en même temps fascinée, heureuse et effrayée. Clara, tout comme moi, n'a pas terminé sa mission sur Terre. Elle aussi est sûrement habitée d'une rancune tenace, d'un désir de vengeance, d'une culpabilité. Et j'ai l'intuition profonde que celle-ci a un rapport avec moi. Si c'est le cas, je pourrais tout simplement décider de la rejoindre, ici et maintenant. D'enlacer cette forme spectrale pour me connecter à elle, pour que nous ne fassions plus qu'un. Nous pourrions partager nos souvenirs, nos vies, communiquer. Elle a peut-être des choses à me révéler, elle qui a vu le tueur de si près.

Vais-je décider d'aller vers elle et de la laisser me raconter son histoire, quitte à me couper du monde réel pendant de longues minutes ? Alors même que les adolescents survivants ont besoin de moi et sont la proie d'un tueur sanguinaire ? Une fois de plus, ce choix me semble cornélien…

Je reste dans la suite parentale ? Rendez-vous au chapitre 54.

Je rejoins la cuisine ? Rendez-vous au chapitre 55.

49.

21 h 05 — Dans la suite parentale

Je monte l'escalier jusqu'à la suite parentale, enfin, la chambre de mes parents. J'ai honte de faire ça, mais avec tout ce que j'ai appris dernièrement, j'ai besoin de fouiller dans les affaires de mon père. Il semble nous avoir caché de nombreux secrets de son vivant et j'ai besoin d'en savoir plus. J'aurai attendu vingt ans pour avoir ce déclic. Vingt ans de doute, de solitude, d'insécurité, de culpabilité, d'incompréhension et de tristesse. Il me doit bien ça !

Alors je me rends dans le dressing, et je fouille. J'ai peu de prise sur les objets, mais en me concentrant j'arrive la plupart du temps à les faire bouger. Les affaires de mon père étaient déjà en bazar de son vivant, aussi, je me permets de jeter chemises, ceintures, chaussures et chaussettes au sol. Je ne trouve absolument rien. Je dois me mettre dans la peau d'un homme adultère qui voudrait cacher des choses à sa famille… Il y avait les lattes du grenier, les fonds de tiroir de son bureau, et quoi d'autre ? Là, j'ai une idée. Je vole jusqu'au plafond et entreprends d'ouvrir la grille d'aération. J'y découvre une liasse de papiers soigneusement rangés. Je la saisis et défais le ruban qui l'entoure.

Les documents tombent au sol, se déversant sur les vêtements. Je m'approche et vole au-dessus d'eux, comme si je cherchais à reconstituer un puzzle. Un autre dessin d'enfant, une mèche de cheveux bruns, une autre lettre de Marylise. Et puis tout à droite, une photo. Dessus, en noir et blanc, il y a mon père, une femme et un adolescent. C'était sûrement quelques années avant notre mort, car mon père est rasé de près avec ses cheveux gominés, une coiffure qu'il n'a commencé à porter que quand j'avais neuf ou dix ans. La femme est jolie, avec des boucles claires savamment brushées. Mon père a la main autour de sa taille, ce qui ne laisse guère de doutes sur la nature de leur relation. Mais ce qui m'intrigue le plus, c'est cet adolescent. Son visage m'est réellement familier, est-ce parce qu'il est mon demi-frère ? Non, c'est autre chose.

Soudain, je me souviens des visions que j'ai eues plus tôt dans la soirée. Le père de Clara, le maire de la ville. C'est lui, je le reconnais ! Bien plus jeune, mais il a ce même visage, ces traits qui ressemblent à ceux de mon père ! Alors mon grand frère, c'est lui ! Je suis abasourdie par ce qui devient lentement une certitude.

Pourtant, le temps presse. Les adolescents se sont réfugiés dans la salle de bains, à quelques mètres de moi, et le tueur est à leurs trousses. Je dois aller à leur secours.

Quand j'entre dans la salle de bains, ils ne sont que trois. À leurs mines défaites, je comprends que Damien est mort en mon absence. Je perçois son corps en bas, et je comprends mieux le regain d'énergie que j'ai obtenu il y a quelques minutes.

Quant aux survivants, je meurs d'envie d'entrer en contact, de communiquer réellement avec eux. Je peux les aider à s'en sortir, j'en suis certaine, et eux peuvent m'aider à venger la mort de ma famille et la mienne ! Je me poste devant le miroir dont la tablette est encore encombrée de cosmétiques, et je me concentre. Encore et encore. Je dois leur apparaître. Ici et maintenant.

« *Écoutez-moi ! Regardez-moi !* » hurlé-je comme je le peux.

D'un coup, les murs se mettent à trembler. D'instinct, Élodie, Franck et Alice se blottissent les uns contre les autres.

« *Je suis là !* »

Élodie est la première à tourner la tête vers le miroir.

– Regardez ! C'est le fantôme !

Franck pousse un cri étouffé alors qu'Alice recule le plus loin possible de la glace.

– C'est pas possible, on nage en plein cauchemar, lance-t-elle. Trois meurtres, et maintenant un fantôme ?

Mon corps spectral est apparu dans le miroir. Une étrange lueur argentée entoure mon visage et tout mon corps. Je suis terrifiante. Je me mets à parler, mais je crois qu'ils ne m'entendent pas.

– C'est la fille Dramont, commente Élodie. Gwendoline. Je la reconnais, il y avait des photos d'elle dans la chambre de ses parents.

– Elle essaye de nous parler, ajoute Alice. Pourquoi on n'entend rien ?

Alors je me concentre encore plus. Je sens une connexion avec eux, je devrais pouvoir arriver à communiquer avec eux par télépathie. Je me suis déjà immiscée dans leur esprit plusieurs fois, cela ne devrait pas être plus compliqué.

« *Écoutez-moi. Je sais comment vous aider…* »

Alice sursaute, Franck se cramponne au mur.

– Vous avez entendu ça ? lance le jeune homme.

Les autres acquiescent. J'ai réussi ! Je peux leur parler, à présent. Ensemble, nous formons une équipe !

Je reste dans la salle de bains. Rendez-vous au chapitre 53.

50.

21 h 05 — Dans la salle de bains

Je retrouve Alice, Élodie et Franck prostrés dans la salle de bains. Damien est mort, son corps repose deux étages plus bas. Élodie tente de reprendre son souffle, recroquevillée dans la baignoire. Finalement, elle explose :

– On l'a abandonné ! hurle-t-elle. Il est mort à cause de nous !

– Chut, Élodie ! répond vivement Franck.

Il ajoute en baissant la voix :

– Ne dis pas ça ! Il est mort parce qu'un fou furieux a décidé de nous assassiner ! Ce n'était pas nous qui tenions le couteau !

Le ton vif et autoritaire de Franck calme immédiatement la crise d'angoisse de la jeune adolescente. Franck s'adosse contre le carrelage de la salle de bains, l'air abattu. Alice pose la main sur son épaule, et le jeune homme la tire tout entière jusqu'à lui. Ils restent un long instant enlacés, silencieux, jusqu'à ce qu'Élodie reprenne la parole dans un murmure.

– Je l'ai reconnu sous sa cagoule…

– Quoi ? demande Alice.

– Le tueur. Il m'a regardée dans les yeux, et je l'ai reconnu. Je sais qui c'est.

Alice et Franck quittent leur étreinte pour rejoindre leur amie près de la baignoire.

– Tu es sérieuse, Élodie ? demande Franck avec gravité.

L'adolescente acquiesce. Les deux autres retiennent leur respiration et moi avec.

– J'ai reconnu ses yeux, parce que je les vois souvent. C'est les yeux de Laurent Pozzini, le maire de la ville. Le père de Clara.

– Quoi ?! s'étrangle Alice. C'est pas possible, non.

– Je sais ce que je dis ! Je l'ai reconnu !

– Mais comment… pourquoi il ferait une chose pareille ? interroge Alice. Il a tué sa propre fille !

– Elle a parlé de lui au moment de mourir, ajoute Franck avec gravité. Elle a dit… Elle a dit que son père connaissait les Dramont.

Les trois adolescents restent interdits, réfléchissant à ce que cette nouvelle information implique. Moi-même, j'en suis complètement retournée. Comment cet homme pouvait-il connaître ma famille ? Il devait avoir une vingtaine d'années au moment de nos meurtres… Et pourquoi est-il là ce soir ? Pourquoi poursuivrait-il ces jeunes ? Pourquoi aurait-il tué sa fille ?

Alice en arrive à la même conclusion que moi.

– Peut-être qu'il y a un lien entre les meurtres de l'époque et ceux d'aujourd'hui. Et ce lien, c'est lui.

– Et il veut nous tuer pour ça ? Ce n'est pas logique : après tout, on ne sait rien de lui, complète Franck.

À cet instant précis, je meurs d'envie d'entrer en contact avec eux, de communiquer réellement avec les trois adolescents. Je peux les aider à s'en sortir, j'en suis certaine, et eux peuvent m'aider à venger la mort de ma famille et la mienne !

Je me poste devant le miroir de la salle de bains, me concentrant encore et encore. Je dois me matérialiser, ici et maintenant.

« *Écoutez-moi ! Regardez-moi !* » hurlé-je comme je le peux.

Tout d'un coup, les murs se mettent à trembler. D'instinct, Élodie, Franck et Alice se blottissent les uns contre les autres.

« *Je suis là !* »

Élodie est la première à tourner la tête vers le miroir.

– Regardez ! C'est le fantôme !

Franck pousse un cri étouffé alors qu'Alice recule le plus loin possible de la glace.

– C'est pas possible, on nage en plein cauchemar, lance-t-elle. Trois meurtres, et maintenant un fantôme ?

Je m'aperçois alors que mon corps fantomatique est apparu dans le miroir. Une étrange lueur argentée entoure mon visage et tout mon corps. Je suis...

terrifiante. Je me mets à parler, mais je crois qu'ils ne m'entendent pas.

– C'est la fille Dramont, commente Franck. Gwendoline. Je la reconnais, il y avait des photos d'elle dans la chambre de ses parents.

– Elle essaye de nous parler, ajoute Élodie. Pourquoi on n'entend rien ?

Alors je me concentre encore plus. Je sens une connexion avec eux, je devrais pouvoir arriver à communiquer avec eux par télépathie. Je me suis déjà immiscée dans leur esprit plusieurs fois, cela ne devrait pas être plus compliqué.

« Écoutez-moi. Je sais comment vous aider… »

Alice sursaute, Franck se cramponne au mur.

– Vous avez entendu ça ? lance le jeune homme.

Les autres acquiescent. J'ai réussi ! Je peux leur parler, à présent. Ensemble, nous formons une équipe !

Je reste dans la salle de bains. Rendez-vous au chapitre 53.

51.

21 h 05 — Dans la cuisine

Les adolescents se sont éloignés dans la salle à manger : ils ont compris que je voulais rester seule avec le tueur. Laurent Pozzini, maire de Malemort et père de Clara. Malgré ma haine, mon dégoût et ma peur, je m'avance vers le meurtrier. L'homme se débat, tentant d'enlever ses liens. Il a bien compris que ce qui l'attend sera désagréable. Peut-être n'a-t-il jamais cru au surnaturel, peut-être qu'il a plus peur de moi que je n'ai peur de lui ? Toujours est-il que, lorsqu'il sent mes doigts glacés sur son visage blafard, il se met à me supplier.

– Non ! Pitié, non ! Ne me faites pas de mal !

J'enfonce mes doigts invisibles dans ses tempes, lui arrachant un cri de douleur. Je plaque mon visage contre le sien, aspirant son âme dans la mienne. Moi qui avais si peur de me retrouver proche de lui, me voilà à présent en lui. Je le vois sur le perron du manoir, emmitouflé dans un anorak luisant de pluie. Il fait noir dehors, mais pas encore tout à fait nuit. Quelque chose cloche. Il ne porte pas sa cagoule et, surtout, il a l'air beaucoup plus jeune. C'est ainsi que je comprends toute la vérité. Il me faut quelques secondes de plus pour l'assimiler, alors que le jeune Laurent Pozzini frappe à la porte du manoir. C'est ma mère qui lui ouvre. Il lui offre son plus beau sourire.

– Je peux vous aider, jeune homme ? Vous vous êtes perdu ?

– Bonsoir, madame. Non, pas du tout. Je suis… je travaille avec votre mari. Il a oublié un dossier au bureau, je suis venu le lui rapporter.

– Oh, c'est très aimable à vous. Je vous en prie, entrez !

C'est ainsi que Laurent Pozzini a pénétré dans notre maison ce soir d'octobre 2002. Très vite, alors que ma mère lui tourne le dos, il ferme le verrou de la porte. Elle se retourne, et c'est là qu'il sort sa hache. Elle hurle, recule vers la véranda et il lui assène un premier coup directement dans la poitrine. À cet instant, mon père apparaît derrière lui.

– Chérie ! Qu'est-ce que…

Quand Laurent se retourne vers lui, sa hache à la main, il faut une seconde à mon père pour comprendre.

– Laurent… murmure-t-il en reculant dans son bureau. Laurent, qu'est-ce que tu fais ?

Mais le jeune homme ne faiblit pas. Il abat son arme sur mon père qui s'écroule dans la bibliothèque. Deux, trois, quatre, cinq coups de hache dans son torse, puis dans son dos. Le meurtrier se relève, impassible.

– Je t'avais dit que tu payerais pour nous avoir abandonnés, maman et moi. Je te l'avais dit. Maintenant je vais massacrer toute ta famille et ensuite je prendrai le contrôle de cette ville que tu aimes tant.

Mon père rend son dernier souffle avec une lueur de panique dans le regard. Puis, Laurent se rend dans l'escalier, où ma mère se traîne, tentant de lui échapper.

Le souvenir s'arrête là. Je ne sais que trop bien ce qui s'est passé ensuite. J'ai vu les corps, j'ai reconstitué trop d'éléments ce soir pour ne pas comprendre. Ainsi, le fils caché et oublié de mon père nous a tous tués. Et ce soir, il est venu assassiner la bande de gamins qui allaient le démasquer…

Sans que je puisse m'en empêcher, ma colère se déverse sur lui. Je voudrais qu'il crève sous mes doigts, là, tout de suite ! Une onde de choc se crée, qui me projette dans la pièce. Tout vole en éclats. Même la porte de la salle à manger.

Après ça, je reprends difficilement mes esprits. Ma vue est trouble, je n'y vois plus grand-chose. J'ai peur que le souffle de cette explosion surnaturelle ait blessé les adolescents. En même temps, je veux vérifier l'état du tueur et ne pas le laisser s'échapper. Que dois-je faire à présent ? Où aller ?

Je reste dans la cuisine ? Rendez-vous au chapitre 56.

Je rejoins la salle à manger ? Rendez-vous au chapitre 57.

52.

21 h 05 — Dans la chambre de Jules

Pendant plusieurs minutes, les adolescents continuent de mettre en place leur plan, méticuleusement. J'espère que tout va fonctionner... *A priori*, c'est bien parti, mais je ne peux m'empêcher de penser que le tueur, lourdement armé, a un coup d'avance sur eux.

Aussi, quand Alice fait un signe de la tête à Franck et qu'Élodie semble soudain plus grave que jamais, je comprends qu'ils sont prêts à se lancer. Damien soupire fortement.

– Élodie, Damien, allez dans le placard, commande Alice à voix basse. Moi, je vais sous le lit, et Franck derrière le rideau.

– C'est moi qui aurai le drap à lui jeter dessus, explique Franck. Alice lancera des billes sous ses pieds, et des Lego.

Des billes et des Lego... Pourquoi ai-je l'impression de regarder un film pour enfants ? Élodie aussi a des doutes.

– Vous pensez que ça va marcher ? demande-t-elle timidement.

Les trois adolescents hochent la tête, mais je sens qu'ils ne sont pas convaincus. Moi non plus, d'ailleurs. Je ne vois vraiment pas comment leur plan peut fonctionner. Je devrais peut-être ne pas me fier à leur jugement et tenter de les protéger par moi-même.

Est-ce que je reste avec eux dans la chambre, impuissante, attendant que leur plan fonctionne ou, plus probablement, échoue ? Ou bien est-ce que je retourne dans le couloir, prête à affronter le tueur directement ?

Alors que je m'interroge, les adolescents gagnent leur cachette. Puis Alice entrouvre la porte dans un grincement sinistre, avant de se faufiler sous le lit. Le tueur avance doucement vers le piège tendu…

Je reste dans la chambre. Rendez-vous au chapitre 58.

Je retourne dans le couloir. Rendez-vous au chapitre 59.

53.

21 h 10 — Dans la salle de bains

À présent qu'ils me voient et qu'ils croient en mon existence, c'est la cacophonie entre Alice, Franck et Élodie. Chacun veut me parler, comprendre ce qui se passe. Je dirige mes pensées vers Élodie, avec qui j'ai formé une connexion plus profonde.

« *Mon père… Il a un lien avec le tueur.* »

– Je… je crois qu'elle me parle, prononce la jeune adolescente. Chut, taisez-vous !

Les autres s'exécutent, et Élodie se concentre sur mes paroles.

– Elle dit que son père a un lien avec le tueur, reprend la petite fille. Et moi, je vous dis que le tueur, c'est Laurent Pozzini, le maire de Malemort, le père de Clara !

Les autres acquiescent, un peu troublés. Est-ce qu'ils nous croient ? J'avance mes arguments.

« *Mon père avait un enfant caché.* »

– Son père avait un enfant caché, répète Élodie.

Cette fois-ci, Alice réagit. Elle se tape la main contre le front.

– Mais oui, bien sûr ! Henri Dramont est le père de Laurent Pozzini ! Il a caché son existence à sa famille et, une fois adulte, le gamin s'est vengé !

– C'est pas un peu tiré par les cheveux, cette histoire ? demande Franck. Heureusement que les enfants nés d'adultère ne tuent pas tous leurs parents, sinon on aurait des milliers de meurtres chaque année !

– Laurent Pozzini doit être un sociopathe, ajoute Alice. J'ai vu une série sur les *serial killers*, ils en parlaient. Ce sont des gens qui n'éprouvent aucune empathie pour les autres, aucune émotion quand cela ne concerne pas leur propre personne. Imaginez un gamin comme ça qui grandit en enviant la famille légitime d'un père qui ne veut pas de lui… C'est un cocktail explosif !

Les deux autres écoutent cette explication et se laissent convaincre. Franck reprend la parole.

– Élodie, est-ce qu'elle peut nous donner la date de naissance de son père ?

Mon père ? Il est né en 1952.

– Elle dit 1952.

Alice se met à calculer.

– Laurent Pozzini doit avoir dans les… quarante-cinq ans ? Ça veut dire qu'il avait vingt-cinq ans au moment du meurtre, et qu'il est né à la fin des années 1970. Quand est-ce que les parents de Gwendoline se sont mariés ?

Je réfléchis. C'était quatre ans avant ma naissance, donc en 1980.

– 1980.

– Ça correspond parfaitement ! s'enthousiasme Alice. Et aussi avec l'acte de naissance qu'on a trouvé dans le grenier ! Laurent Pozzini est le fils caché d'Henri Dramont.

– Il a dû s'apercevoir que Clara a pris les clés du manoir dans son bureau, complète Franck. Et il nous a suivis ici... Quand il a compris qu'on s'approchait trop de la vérité, il a décidé de tous nous tuer.

– Voilà des années qu'il protégeait ce secret, ajoute Alice. C'est pour ça qu'il a fait murer les fenêtres du manoir... Il doit rester plein de preuves de sa culpabilité, que la police n'a pas trouvées à l'époque. Il a eu peur qu'on les découvre, et il s'en est pris à nous !

J'encaisse ces informations, qui tombent sous le sens. Le tueur est mon propre demi-frère. Et il nous a tous assassinés ce soir-là, en 2002. Mais maintenant, je dois aider les trois survivants à s'en sortir. Je ne laisserai pas cet homme faire encore plus de victimes ! Quelle est la meilleure solution pour eux ? Qu'est-ce que je dois leur conseiller de faire ? Est-ce qu'il vaut mieux qu'ils tentent de sortir par la cave ? Ou qu'ils grimpent dans le grenier ?

Je conseille de passer par le grenier ? Rendez-vous au chapitre 66.

Je conseille de passer par la cave ? Rendez-vous au chapitre 67.

54.

21 h 10 — Dans la suite parentale

Je n'en reviens pas. Pour la première fois depuis que je suis devenue un spectre moi-même, je suis en train d'entrer en communication avec un autre fantôme ! Les minutes passent, et l'esprit chétif de la jeune fille se transforme, prenant vie au creux de son cadavre. Très vite, il est suffisamment sentient pour me parler.

– Qui es-tu ?

– Je suis Gwendoline Dramont. Je suis morte ici il y a vingt ans.

– Je suis désolée de l'apprendre. Moi aussi je suis morte ici, je crois.

– Oui, il y a seulement quelques minutes. Je suis désolée, Clara.

– Je ne comprends pas ce qui s'est passé… Pourquoi m'a-t-il tuée ?

– Avant toi, il avait tué Bastien, ton petit ami.

Le fantôme semble réfléchir un instant, comme s'il tentait de retrouver ses souvenirs d'avant. Moi aussi j'avais vécu ça, les premières semaines. Une sorte de flou autour de la vraie vie, jusqu'à ce que le brouillard se clarifie.

– Je n'étais qu'une adolescente… commente Clara.

– Oui, moi aussi. Et ni toi ni moi ne savons qui nous a réellement tuées.

– Pourtant j'ai l'impression… J'ai l'impression de savoir, mais de ne pas me rappeler.

– Tu as vu le visage de ton meurtrier ? Et tu l'as reconnu ?

– Oui je crois…

– Peut-être que si toi et moi nous fusionnions, il y aurait une chance que…

Le fantôme acquiesce et je me rapproche de sa forme en croissance perpétuelle. Très vite, c'est comme s'il y avait un ancrage entre nous. Mais pourquoi ? J'éprouve une telle familiarité quand je suis avec Clara…

– Tu ressens ça aussi ? lui demandé-je.

– Oui. C'est comme si tu étais… de ma famille.

– Est-ce que tu te souviens de ta vraie famille, Clara ?

Elle fait un effort pour se remémorer. J'accède à ses souvenirs embrumés. Clara à cinq ans devant un gâteau d'anniversaire. Ses parents qui la regardent. Clara à neuf ans, qui pleure la mort de son hamster. Sa mère qui la console. Clara à douze ans, qui applaudit son père, réélu maire de Malemort.

– C'est lui, je crois bien… J'ai vu son visage quand il m'a poignardée. Et il était si désemparé. Il a même dit : « *Non, non, je ne voulais pas !* »

– Quoi ? Ton père est le tueur ?

Je suis particulièrement choquée par cette possibilité. Non, je ne peux pas y croire. Laurent Pozzini n'aurait pas tué sa propre fille ! Clara doit embrouiller les images de son père avec celles du tueur.

– Concentre-toi, Clara… Quel est le dernier souvenir que tu as de ta vie ?

Le fantôme sonde son passé et nous voilà à présent dans le bureau du maire de Malemort, Laurent Pozzini. L'endroit est sobrement décoré, une photo du président de la République trône au-dessus d'une cheminée en pierres blanches. C'est un homme jeune que je ne connais pas. Laurent Pozzini est à son bureau et rédige des documents. Au bout d'un moment, il range les papiers, éteint la lumière et quitte le bureau. C'est là que Clara, cachée derrière un rideau, s'introduit dans la pièce. Elle ouvre un tiroir sans vraiment réfléchir et attrape un petit trousseau de clés. Les clés du manoir ! C'est comme cela que le groupe a pénétré ici. Mais quand elle sort du bureau, elle se retrouve nez à nez avec son père.

– Ma chérie, quelle surprise ! Qu'est-ce que tu faisais dans mon bureau ?

– Je… Je voulais te faire une surprise, justement ! Passer te voir après les cours !

Son père lui ébouriffe les cheveux, même s'il n'a pas l'air particulièrement convaincu par sa réponse. Clara lui dépose un baiser sur la joue.

– Maintenant, je dois filer ! Je… Je dois passer la soirée chez Bastien.

– Ok, c'est d'accord pour cette fois, mais ne rentre pas trop tard…

– Non, bien sûr.

Le souvenir s'arrête là. Le fantôme de Clara reprend la parole.

– C'est moi qui ai volé la clé dans son bureau pour qu'on puisse tous venir ici. Bastien m'avait lancé ce défi. On préparait ça depuis des semaines. Mon père a dû s'en apercevoir…

– Mais pourquoi il aurait voulu tous vous tuer ? demandé-je à la jeune fantôme.

– Je crois que mon père avait un lien avec ce manoir. Avec ta famille. Il parlait de vous… Tout le temps. Il parlait du massacre. Il parlait du manoir. Il disait toujours que personne ne devait pénétrer dans le manoir. Que tant qu'il serait maire, il interdirait ça. Il était obsédé par toute cette histoire.

Je suis abasourdie par ces révélations. Et puis je me souviens de l'acte de naissance trouvé dans le grenier par Alice. Mon père avait un enfant caché, c'est certain.

– Quelle est la date de naissance de ton père ?

Clara a du mal à s'en souvenir mais fait tout de même un effort.

– Il est né en 1975, il me semble.

– Mon père avait vingt-trois ans. Il a rencontré ma mère quelques années après. Il est tout à fait possible que mon père soit… ton grand-père.

– Et cela signifie que le jour de ton meurtre, mon père avait vingt-cinq ans. Tout se tient !

– Et il t'a tuée, comme il a tué Bastien, comme il tuera tous les autres pour que vous ne découvriez pas la vérité ici. Pour que vous ne sachiez pas tout ça ! C'est tellement injuste…

Tandis que le fantôme acquiesce, une idée germe dans mon esprit. Puisque la mort de Clara était injuste, peut-être que je peux l'effacer.

Vous restez dans la chambre. Rendez-vous au chapitre 80.

55.

21 h 10 — Dans la cuisine

Quand j'arrive dans la cuisine, je suis très surprise de ce que j'y trouve. En mon absence, les trois adolescents survivants ont réussi une prouesse : ils sont parvenus à ligoter le tueur ! L'homme, qui les a probablement pourchassés dans la cave, où ils cherchaient une sortie, a été pris à son propre piège dans la cuisine. Je parie que Franck ou Alice lui a assené un gros coup de batte de base-ball. À présent, l'homme est attaché contre un placard de cuisine, encore un peu sonné. J'espère qu'ils le décagouleront vite, pour enfin découvrir son identité…

– On la lui enlève ? demande Franck, comme s'il m'avait entendue.

Alice acquiesce. Ensemble, ils tirent la cagoule et découvrent le visage ensanglanté d'un homme d'une quarantaine d'années, blafard, rasé de près, avec une calvitie naissante. Une scène digne d'un épisode de *Scoobidoo.*

– Putain ! s'exclame Alice.

– C'est le maire de Malemort ! reprend Élodie.

Je n'en crois pas mes oreilles. Le père de Clara, morte à l'étage, est le tueur qui décime le groupe d'adolescents depuis le début de la soirée ? Mais pourquoi ferait-il une chose pareille ? Et pourquoi avoir tué sa propre fille ? À leur regard, je comprends que les autres se posent les mêmes questions. Mais nous allons tous bientôt avoir nos réponses, car le tueur reprend conscience. Il lui faut quelques secondes pour comprendre la situation. Le voilà à présent ligoté, en position d'infériorité, face aux trois adolescents survivants du massacre qu'il a commis. Élodie recule d'un pas, effrayée, mais Alice la retient. La jeune femme fait face au tueur avec dignité, tout comme Franck.

– Laurent Pozzini en personne, murmure Franck. Qu'est-ce que vous avez à dire pour votre défense ?

– Ce n'est pas ce que vous croyez, clame-t-il. Je... Nous avons eu un appel paniqué des voisins qui ont entendu des cris dans le manoir. La police était déjà occupée, j'ai décidé d'intervenir moi-même. Pour vous sauver ! Le tueur est encore là, détachez-moi vite !

Son petit mensonge n'a aucune prise sur eux. Personne n'est dupe. Quand il s'en rend compte, il ôte son deuxième masque, celui, virtuel, de l'acteur jouant un rôle. Et ce qu'on aperçoit en dessous est terrifiant.

– Je ne voulais pas tuer Clara. Je voulais qu'elle ressorte d'ici en vie. C'était un accident.

– Et Bastien, et Damien ? s'insurge Alice. C'était un accident aussi ? Et nous, vous nous auriez tués aussi ?

– Je n'avais pas le choix.

– Pourquoi ? demande Franck. Qu'avons-nous fait de mal ?

– Vous alliez tout découvrir…

– Tout découvrir ? Mais quoi, au juste ? demande Alice.

C'est là que le tueur se mure dans son silence. Bien entendu, il ne voudra rien dévoiler de plus. Mais moi, je perçois quelque chose. Une intuition m'envahit. L'impression que cet homme qui m'est si familier, qui me fait si peur, est aussi l'homme qui m'a tuée il y a vingt ans avec toute ma famille. Cela semble presque impossible, mais… Une rage nouvelle m'envahit. Je dois savoir, maintenant !

« *Laissez-le-moi !* » hurlé-je.

Je ne pensais pas que les vivants m'entendraient, mais un lot de casseroles en fonte bouge, faisant sursauter tout le monde.

– C'était quoi, ça ? s'interroge Franck.

– C'est le fantôme ! lance Élodie.

« *Laissez-le-moi !* » hurlé-je à nouveau.

Ils ont l'air terrifiés, je crois que cette fois-ci j'ai bel et bien pénétré leur cerveau.

– Vous avez entendu la même chose que moi ? chuchote Franck. Cette fois, je suis réellement dans leur esprit.

– C'est pas possible, c'est vraiment un cauchemar, lance Alice. Après les meurtres, un fantôme !

– Bastien avait raison, le manoir est hanté, observe Franck.

« *Je suis Gwendoline Dramont,* annoncé-je. *Laissez-moi l'interroger, je vous en prie. Je crois que cet homme a tué ma famille il y a 20 ans.* »

– Un fantôme est en train de parler dans ma tête, prononce Alice, livide. Ça vous fait la même chose ?

Les deux autres acquiescent, et je leur laisse reprendre leurs esprits quelques instants avant de continuer.

« *Je vous en supplie, j'ai besoin de votre aide. Laissez-le-moi.* »

Alice et Franck s'observent silencieusement. Je ne sais pas ce qui se passe dans leur esprit, toujours est-il qu'ils m'ont écoutée.

– Et si on le torturait ensemble ? me propose Franck. Pour qu'il avoue tout ?

Alice tire son bras, choquée par la proposition. Moi, je la considère un instant.

Je reste dans la cuisine. Rendez-vous au chapitre 84.

56.

21 h 15 — Dans la cuisine

Je décide de rester dans la cuisine pour reprendre les forces qui ont failli me quitter avec cette explosion. Qu'est-ce qui m'a pris de réagir aussi violemment ? J'ai complètement perdu le contrôle. Au bout de quelques minutes, je retrouve mes moyens et je découvre que le tueur est en train de se détacher. Le souffle de mon explosion a détruit le meuble auquel il était solidement amarré et, à présent, il peut enlever la corde très facilement. Il est déjà debout, reprenant ses esprits. Si je le laisse avancer, il va tout simplement débarquer dans la salle à manger et tuer les survivants ! Je ne le laisserai pas faire.

Alors je me concentre, réunissant mes quelques forces, et je me presse sur lui. J'attrape la corde comme je peux et je la resserre autour de son buste. Jamais je ne me suis sentie aussi puissante. Presque vivante. Je ne le laisserai pas partir, l'enlever complètement. Je parviens finalement à l'attacher alors qu'il se débat.

Il faut que je prévienne les adolescents qu'il cherche à s'enfuir. Je dois les rejoindre dans la salle à manger…

Je me rends dans la salle à manger. Rendez-vous au chapitre 91.

57.

21 h 15 — Dans la salle à manger

Quand j'arrive dans la salle à manger, c'est la panique. Le souffle de mon explosion a causé de nombreux dégâts et projeté les trois adolescents à travers la pièce. Alice se relève difficilement, Franck se presse de l'aider. Ces deux-là ont l'air d'aller bien, mais où se trouve Élodie ?

– Élodie ! hurle soudain Alice.

Les deux adolescents se précipitent au sol. C'est là que j'aperçois les jambes de la jeune fille derrière la table. Je me presse jusqu'à elle et je découvre l'horrible vérité. Elle a un morceau de verre enfoncé dans le cou, saigne abondamment. Les jeunes gens sont complètement désemparés. Élodie pleure et n'ose pas bouger, elle sent bien qu'elle est en train de se vider de son sang.

– Il faut enlever l'éclat de verre ? demande Franck.

– Surtout pas ! s'exclame Alice. Elle saignera encore plus ! Je ne sais pas quoi faire…

En réalité, aucun des deux ne peut faire quoi que ce soit. Je suis la seule à pouvoir tenter quelque chose. Alors je me concentre et je rentre dans le corps d'Élodie. D'ici, j'aperçois bien le bout de verre. C'est comme si j'étais devenue une minuscule entité qui se promenait dans son cou. Je dois lui enlever l'éclat de verre et refermer la plaie. Je peux le faire, j'en suis sûre ! J'ai déjà réalisé tant de choses ! Je suis certaine que, si je suis restée dans ce monde de l'après-mort et que je n'ai pas rejoint l'au-delà vingt ans après mon décès, c'est que quelque chose d'autre m'attendait. Et c'est peut-être ça : sauver Élodie d'une mort certaine.

Alors je pousse le bout de verre et je passe ma main de spectre à travers la plaie béante dans le cou d'Élodie. Si je reste comme cela un moment, je devrais pouvoir souder les parois. Les adolescents me regardent faire, comprenant que je suis en train d'agir, et se reculent. Mais tout d'un coup, la porte de la cuisine s'ouvre en grand… Le tueur surgit tellement vite que personne n'a le temps de réagir. Armé d'un couteau de cuisine, il se place derrière Alice et lui tranche la gorge de part en part. Franck hurle alors que la jeune fille tombe au sol, se vidant instantanément de son sang.

Moi, je dois choisir. Soit j'enlève la main du corps d'Élodie pour sauver Franck, soit je la laisse et Franck mourra sûrement. Entre Élodie et Franck, qui vais-je choisir ?

Je choisis Élodie ? Rendez-vous au chapitre 94.
Je choisis Franck ? Rendez-vous au chapitre 95.

58.

21 h 15 — Dans la chambre de Jules

Le tueur entre en silence dans la chambre, son couteau en main, profitant de la pénombre pour se glisser dans la pièce. Il les cherche. Je n'ose pas pénétrer ses pensées. Face à lui, je me sens comme une enfant terrifiée. Pourquoi a-t-il ce pouvoir sur moi ?

Soudain, il marche sur un Lego. Alice en profite pour jeter une dizaine de billes à ses pieds. L'homme trébuche, fait tomber son couteau, mais se reprend. Comme je le redoutais, il en faut plus que ça pour le mettre à terre. Je détourne son attention en faisant claquer l'ampoule du plafonnier. C'est le moment que choisit Franck pour surgir de derrière le rideau en hurlant, le drap dans les bras. Il le jette sur le tueur alors qu'Alice s'extrait de dessous le lit et que Damien surgit du placard. Il attrape le tueur par-derrière et le plaque au sol. L'homme tombe, définitivement déstabilisé. Élodie et Franck, aidés d'Alice, le ligotent avec une corde à sauter trouvée dans le coffre à jouets de mon frère. L'homme se débat, hurle, mais les gamins ne se laissent pas faire non plus !

Je décide de les aider en utilisant mon pouvoir de fantôme à mon tour. Je pose le pied sur le dos du tueur pour le maintenir plaqué au sol. Cela fonctionne. Qui aurait cru que tout cela serait aussi facile ?

Je reste dans la chambre de Jules. Rendez-vous au chapitre 60.

59.

21 h 20 — Dans le couloir

Je décide de me poster dans le couloir, devant la chambre de Jules. À l'intérieur, les adolescents se sont mis en place, prêts à réaliser leur plan. Mais je n'ai pas envie de risquer qu'il leur arrive quoi que ce soit. Je vais attaquer le tueur, ici et maintenant. J'entends ses pas monter doucement l'escalier. C'est maintenant ou jamais ! Je m'élance vers lui, passant à travers son corps. Il a un mouvement de recul, mais reprend aussitôt sa route. Je fonds de nouveau sur lui, me concentrant au maximum pour l'atteindre cette fois-ci. Pourtant, au lieu de parvenir à le blesser, à le faire trébucher, je me retrouve collée à lui. Pire, je me sens comme prisonnière de son corps et de son esprit. Il est plus fort que moi, plus virulent aussi. Et ses souvenirs m'assaillent…

Je le vois sur le perron du manoir, emmitouflé dans un anorak luisant de pluie. Il fait noir dehors, mais pas encore tout à fait nuit. Quelque chose cloche. Il ne porte pas sa cagoule et, surtout, il a l'air beaucoup plus jeune. C'est ainsi que je comprends toute la vérité. Il me faut quelques secondes de plus pour l'assimiler, alors que le jeune Laurent Pozzini frappe à la porte du manoir. C'est ma mère qui lui ouvre. Il lui offre son plus beau sourire.

– Je peux vous aider, jeune homme ? Vous vous êtes perdu ?

– Bonsoir madame. Non, pas du tout. Je suis… je travaille avec votre mari. Il a oublié un dossier au bureau, je suis venu le lui rapporter.

– Oh, c'est très aimable à vous. Je vous en prie, entrez !

C'est ainsi que Laurent Pozzini est entré dans notre maison ce soir d'octobre 2002. Très vite, alors que ma mère lui tourne le dos, il ferme le verrou de la porte. Elle se retourne, et c'est là qu'il sort sa hache. Elle hurle, recule vers la véranda et il lui assène un premier coup directement dans la poitrine. À cet instant, mon père apparaît derrière lui.

– Chérie ! Qu'est-ce que…

Quand Laurent se retourne vers lui, sa hache à la main, il faut une seconde à mon père pour comprendre.

– Laurent… murmure-t-il en reculant dans son bureau. Laurent, qu'est-ce que tu fais ?

Mais le jeune homme ne faiblit pas. Il abat son arme sur mon père qui s'écroule dans la bibliothèque. Deux, trois, quatre, cinq coups de hache dans son torse, puis dans son dos. Le meurtrier se relève, impassible.

– Je t'avais dit que tu payerais pour nous avoir abandonnés, maman et moi. Je te l'avais dit. Maintenant je vais massacrer toute ta famille et ensuite je prendrai le contrôle de cette ville que tu aimes tant.

Mon père rend son dernier souffle avec une lueur de panique dans le regard. Puis, Laurent se rend dans l'escalier, où ma mère se traîne, tentant de lui échapper.

Le souvenir s'arrête là, alors que je me sens violemment projetée hors de son corps. Pire, je suis vidée de toutes mes forces. Ce à quoi je viens d'assister est horrible et je ne crois pas que j'aurai la force de me relever. Je regarde l'homme entrer dans la chambre en hurlant, tandis que je reste impuissante sur le sol, incapable d'aider les adolescents. Il me faut quelques minutes pour être capable de me déplacer à nouveau jusqu'à la chambre. Pourtant, je les entends hurler.

Je me rends dans la chambre de Jules. Rendez-vous au chapitre 61.

60.

21 h 25 — Dans la chambre de Jules

Cette fois-ci, le tueur est à notre merci ! Il ne pourra plus s'échapper. Je n'en reviens pas, Franck, Alice, Élodie et Damien ont réussi ! Ils s'en sont sortis ! Alice se laisse glisser au sol, et la pression retombe d'un coup : elle pleure, pleure. J'ai l'impression qu'elle ne pourra plus s'arrêter. Élodie et Damien, eux, ont une pensée pour Clara et Bastien qu'ils ont perdus. Quel gâchis. Franck s'agenouille auprès d'Alice et la prend dans ses bras.

– Tout va bien, on a réussi. On a réussi !

La jeune fille se calme, soudain rassurée. Oui, ils ont bel et bien réussi. À présent, Damien relève le tueur, posant son dos contre le lit de Jules. Il ne laisse à personne le temps de se remettre de ses émotions et lui ôte sa cagoule, découvrant son visage. Élodie recule d'un pas, effrayée, mais Alice la retient. La jeune femme fait face au meurtrier avec dignité, tout comme Franck.

– Laurent Pozzini en personne, murmure Franck. Le maire de Malemort. Le père de Clara. Qu'est-ce que vous avez à dire pour votre défense ?

– Ce n'est pas ce que vous croyez, clame-t-il. Je... Nous avons eu un appel paniqué des voisins qui ont entendu des cris dans le manoir. La police était déjà occupée, j'ai décidé d'intervenir moi-même. Pour vous sauver ! Le tueur est encore là, détachez-moi vite !

Son petit mensonge n'a aucune prise sur eux. Personne n'est dupe. Quand il s'en rend compte, il ôte son deuxième masque, celui, virtuel, de l'acteur jouant un rôle. Et ce qu'on aperçoit en dessous est terrifiant.

– Je ne voulais pas tuer Clara. Je voulais qu'elle ressorte d'ici en vie. C'était un accident.

– Et Bastien ? s'insurge Alice. C'était un accident aussi ? Et nous, vous nous auriez tués aussi ?

– Je... je n'avais pas le choix.

– Pourquoi ? demande Franck. On ne se connaissait même pas !

– Vous alliez tout découvrir...

– Tout découvrir ? Découvrir quoi ? demande Damien.

Le meurtrier hésite. Soudain, Alice comprend.

– C'est vous qui avez assassiné la famille Dramont il y a vingt ans !

Le regard du maire de Malemort ne laisse pas de place au doute. Elle a vu juste.

Tandis que les quatre adolescents tâchent de se remettre de leur stupeur, moi, je perds totalement le contrôle. Le miroir explose et la porte claque, arrachant des cris au groupe. D'un coup, ils s'aperçoivent que la petite Élodie avait raison à mon sujet. Finalement, l'interrogatoire du meurtrier reprend.

– Pourquoi ? demande simplement Damien.

– Henri Dramont était mon père. Il avait eu une aventure avec ma mère, avant son mariage avec cette… cette putain.

La porte claque de nouveau alors que je l'entends insulter ma mère.

– Pourquoi les avoir tués ? reprend Alice.

– Parce qu'ils avaient tout ce dont je rêvais ! Une famille ! Une vie de luxe ! Moi, mon père ne m'a rien donné, rien ! Enfin si, j'étais dans son testament. La seule façon de devenir riche et d'avoir tout ce que je méritais, c'était de les tuer, lui… et ses héritiers.

Alors c'est pour cela que je suis morte. Une banale histoire de jalousie et d'héritage. C'est pour cela que Jules a été décapité, ma mère, démembrée. Quelle folie.

– Vous êtes un monstre, commente Franck comme s'il lisait dans mes pensées.

– J'ai utilisé l'argent qu'il m'a légué à des fins utiles ! se défend le tueur. Pour Malemort, pour la communauté. Osez me dire que vous ne vivez pas bien ici !

– Ce n'est pas le sujet ! s'emporte Alice. Vous avez tué des gens pour ça ! Vous avez même tué votre propre fille !

À ces mots, le meurtrier éclate en sanglots. Damien en profite pour le fouiller et découvre les clés de la porte d'entrée.

– Clara les a volées dans votre bureau, c'est comme ça que vous avez su ce que nous faisions ce soir.

Laurent Pozzini ne répond pas, mais Damien a sûrement vu juste. Franck et lui relèvent le tueur, solidement attaché, et décident de l'emmener en bas. Ils vont enfin sortir de ce manoir de l'horreur…

Je les suis jusqu'au hall d'entrée. Rendez-vous au chapitre 62.

61.

21 h 25 — Dans la chambre de Jules

Je me traîne jusqu'à la chambre de Jules où je découvre l'étendue des dégâts. Le tueur est enroulé dans le drap que Franck a dû lui jeter dessus, mais il se débat violemment, donnant des coups dans le vide avec son couteau de cuisine. Élodie est cachée dans le placard, recroquevillée par terre, les mains sur les oreilles. Damien, lui, est plaqué contre le mur, son téléphone toujours en main, mais ne sait pas comment agir. Alice, qui a surgi de dessous le lit, attrape les pieds du tueur. À ce moment, je m'aperçois que Franck a pris un premier coup de couteau dans le ventre et saigne abondamment. Pourtant il est toujours debout, porté par l'adrénaline. Il se rapproche du tueur, tente de le faire tomber au sol alors qu'Alice tient solidement ses chevilles. Mais il ne parvient pas à attraper le meurtrier, et celui-ci se baisse, parvenant à se dégager du drap qui l'entoure. Il frappe Alice d'un coup de couteau en plein milieu du dos, lui arrachant un cri déchirant. Franck tente de la défendre mais, cette fois-ci, le tueur lui tranche la gorge, d'un coup net et précis. Alice hurle de nouveau alors que le sang de son ami gicle sur elle.

Je ne peux pas les laisser tous mourir ainsi. Je dois les aider ! Je me concentre encore plus alors que Franck s'effondre à genoux en s'étouffant dans son propre sang. Il est aux pieds d'Alice, qui s'est évanouie. La vie le quitte et je me sers de ses forces pour attaquer le tueur. Je fonce droit sur lui comme un boulet de canon. Il tombe à la renverse, se cognant la tempe sur le rebord du lit. Damien se précipite jusqu'au placard et attrape Élodie par le bras. Il la sort de la chambre et se met à courir comme jamais, dévalant l'escalier quatre à quatre, direction la cave. Alors que le meurtrier se relève déjà, le visage ensanglanté, je m'élance à la poursuite des deux jeunes. Pourvu qu'ils puissent s'échapper !

Je me rends à la cave. Rendez-vous au chapitre 64.

62.

21 h 30 — Dans le hall d'entrée

Les adolescents descendent jusqu'au hall d'entrée dans le calme le plus total. Ils sont vidés de toute leur énergie, drainés de toutes leurs émotions et tous leurs sentiments. Leurs deux amis sont morts, Élodie a perdu son frère. Quant à moi, je sais enfin ce qui s'est passé, ce qui a causé ma mort et celle de toute ma famille. Et cela n'a rien de réjouissant. Je n'éprouve pas grand-chose, moi non plus. À part l'impression d'un immense gâchis, tant pour ce qui s'est passé il y a vingt ans que pour ce qui est arrivé ce soir à ce groupe de jeunes. J'ai l'impression pourtant que, si j'avais fait des choix différents, les choses auraient pu être bien pires pour eux. Ou peut-être meilleures… Peut-être auraient-ils pu tous s'en sortir ?

Alors que Damien enfonce la clé dans la serrure, je m'aperçois que je ne veux pas qu'ils partent, qu'ils me laissent seule. Surtout, je ne veux pas que *lui* parte… L'homme qui m'a tuée, qui a tué ma famille. Et qui est aussi mon demi-frère. S'il s'en va maintenant, s'ils l'amènent au commissariat, s'il est jugé pour ses crimes… moi, que vais-je devenir ? Je n'aurai même pas eu le temps de l'affronter.

« *Laissez-moi lui parler !* » hurlé-je aux jeunes.

Élodie est la première à se retourner, suivie par Alice. Leurs regards se fixent dans le grand miroir du hall. Comme si elles avaient entendu mon appel. Alice devient blême alors que mon visage teinté d'argent apparaît dans celui-ci.

– Le fantôme ! hurle-t-elle.

– C'est Gwendoline, annonce Élodie le plus naturellement du monde. J'ai vu sa photo dans sa chambre.

– Elle veut nous dire quelque chose, affirme Damien.

C'est la vérité. Je me place face à Laurent, que Franck oblige à se positionner devant le miroir. Et là, je pénètre dans son esprit. Je veux qu'il m'entende, je veux qu'il sache à quel point nous avons souffert à cause de lui.

« *Tu as tué ton propre père. Tu as tué une femme innocente. Tu as tué ton petit frère et ta petite sœur, ton propre sang ! Nous n'avions rien fait, nous n'étions même pas au courant de ton existence et, si nous avions su, nous t'aurions accueilli à bras ouverts. Si tu devais en vouloir à quelqu'un, c'était à ton père ! Et pendant vingt ans, j'ai erré ici à cause de toi, à ne pas savoir pourquoi, qui, comment. J'espère que tu as honte. J'espère que tu croupiras en prison pour le reste de ta vie ! Seul ! Sois maudit Laurent, sois maudit…* »

Je m'arrête là, et remercie les adolescents d'un signe de tête dans le miroir. Ils m'adressent des sourires compatissants avant de repartir. Élodie est la dernière à sortir de la maison.

– Merci de nous avoir protégés.

J'aimerais pleurer, mais je ne le peux pas. Alors la jeune adolescente quitte le domaine, comme ses camarades, comme le tueur.

Rendez-vous au chapitre 63 pour connaître la fin de l'histoire.

63.

Quelques jours plus tard

J'ai passé les jours qui ont suivi cette macabre soirée à me poser un grand nombre de questions. Pourquoi ai-je vécu tout ça, dans ma vie et après ma mort ? Pourquoi certains ont survécu à cette soirée et d'autres, non ? Pourquoi le monde dans lequel nous vivons est-il aussi injuste ? Et surtout, pourquoi suis-je encore là ? Je croyais être restée sur Terre, être devenue un fantôme parce que ma mission ici n'était pas terminée. Je croyais devoir résoudre le massacre sauvage de ma famille, je croyais devoir nous venger, je pensais qu'il suffirait de faire tout cela pour partir, enfin. Les rejoindre dans l'au-delà. Mais rien de tout cela n'est arrivé. Et je ne comprends pas pourquoi.

Ce matin, je ne sais plus depuis combien de temps les adolescents sont partis du manoir. La police est venue dans la nuit, sans doute alertée par les survivants. Une troupe d'hommes en uniformes, en combinaisons blanches, avec des masques et des lunettes de protection.

Un ballet d'ambulances et de voitures de police dans la cour du manoir. Je n'avais jamais vu cela depuis… depuis ma propre mort, quand nos corps ont été découverts. Là, ils ont emporté les dépouilles. Ils ont analysé minutieusement chaque détail, pris des photos, ils ont prélevé des indices, des empreintes, des armes du crime. Puis ils ont tout nettoyé, ça a demandé une journée entière. Et ils sont repartis. Depuis, je suis seule, et mes questions restent sans réponse.

Alors que je rumine, deux voitures de police se garent dans la cour du manoir. Je me précipite à la porte d'entrée, barrée d'adhésifs jaunes interdisant l'accès, scellée à la cire par un document de « scène de crime ». Bien entendu, des badauds se sont pressés devant les grilles depuis cette nuit-là, mais aucun n'a pu pénétrer à l'intérieur. Aujourd'hui, les deux voitures de police sont très officielles et je sens l'excitation monter en moi quand Alice, Damien, Élodie et Franck en sortent. Ils vont bien ! Pour la première fois, je les vois au soleil, en pleine journée. Leurs traits tirés, leurs tenues simples et sombres tranchent avec l'image que j'ai d'eux à leur arrivée ce soir-là, insouciants.

Je remarque très vite que Franck et Alice se prennent la main. Cela me réchauffe le cœur de savoir que, malgré tout ce qu'ils viennent de vivre, cette expérience les a rapprochés et leur a permis de s'avouer enfin leurs sentiments. Damien, lui, tient la jeune Élodie par les épaules. Dans la douleur, le garçon a trouvé comment se rendre utile, comment aider la sœur de celui qu'il aimait en secret. Quand je les vois tous les quatre, je me rends compte qu'ils sont devenus une véritable équipe.

Une femme en uniforme d'une cinquantaine d'années, les cheveux poivre et sel tirés en chignon, s'avance jusqu'à la porte d'entrée et prend la parole. La plaque qu'elle porte sur la poitrine indique « Commissaire Benton ».

– Bien, nous allons pouvoir commencer. Alice, Damien, Franck et Élodie, merci beaucoup d'avoir accepté de revenir ici. Je sais à quel point cela doit être dur pour vous. Mais nous avons besoin de reconstituer les événements précisément. Vous serez nos guides aujourd'hui. Si vous avez le moindre problème, nous ferons une pause.

Les quatre adolescents acquiescent, puis entrent en silence dans le manoir avec les trois autres policiers. L'un d'eux prend des notes, un autre, des photos. Élodie s'arrête devant le miroir de l'entrée, me fixant droit dans les yeux. Elle perçoit encore ma présence ! Cela me comble de joie.

– On s'est d'abord arrêtés ici, commente Damien. Puis, on est tous allés dans la bibliothèque.

Le groupe se déplace et, petit à petit, reconstitue les événements. Un moment compliqué pour les rescapés, mais très important. Puis tout le monde descend dans le hall. La commissaire reprend la parole.

– Merci pour votre aide précieuse. Vous avez été très courageux. Grâce à vous, Laurent Pozzini est derrière les barreaux. Il sera bientôt inculpé pour le meurtre de vos amis et pour le quadruple homicide de la famille Dramont en 2002. Vous avez eu un comportement exemplaire.

Ils acquiescent tous, puis leurs regards se lèvent vers le plafond, vers les murs de la pièce, comme s'ils me cherchaient. J'en rougirais presque.

– On a eu un peu d'aide, chuchote Alice.

À ces mots, tout le monde sort du manoir et le ballet des voitures quittant la propriété m'accompagne encore quelques minutes. Je reste seule un instant, les yeux fermés. Puis, je sens que quelque chose m'appelle. Je sors, sur le porche. Mais il n'y a rien ici. Les traces de pneus au sol sont les derniers vestiges du passage des vivants. Pourtant, je perçois comme une présence… familière. C'est là qu'ils apparaissent devant moi, dans le ciel gris d'automne, dans un halo doré éblouissant. Ma mère, mon père et mon frère.

– Il est temps que tu viennes avec nous, annoncent-ils d'une même voix.

Je leur tends la main et je disparais avec eux. Enfin…

FIN

Bravo, tu as tenu bon dans cet urbex mortel… Mais n'hésite pas à tenter l'aventure une nouvelle fois en faisant des choix différents ! Peut-être arriveras-tu à sauver plus de membres du groupe cette fois-ci ?

64.

21 h 30 — Dans la cave

Damien et Élodie courent jusqu'à la cave, complètement en panique. Je les suis, ne sachant que faire pour les aider. Le tueur est sur leurs talons, mais ils parviennent à ouvrir complètement la porte au fond de la cave et atterrissent dans le jardin.

– Revenez ici ! hurle l'assassin en courant après eux.

– À l'aide ! À l'aide ! crie Damien.

Mais personne ne viendra à son secours, et le tueur gagne du terrain. Damien pousse en avant Élodie, qui rejoint presque le portail. Dans quelques secondes à peine, elle sera dans la rue. Qui viendra l'aider, alors ? Qu'est-ce qui empêchera l'assassin de la poursuivre encore plus loin ? Et Damien, lui, parviendra-t-il à s'échapper ?

La seule réponse à ces questions, c'est moi. Je dois les sauver. Je dois m'opposer au meurtrier, à cet homme qui a massacré ma famille et vient de tuer quatre adolescents de plus. Alors je le devance et je concentre toutes mes forces dans l'idée de l'arrêter. Je me matérialise devant lui, plus forte que jamais. Damien et Élodie continuent de courir alors que lui s'arrête, choqué de ma présence. Il se demande sans doute s'il n'est pas devenu fou. Je flotte à quelques centimètres de lui, l'air menaçant.

– Tu ne rêves pas, dis-je d'une voix glaciale. Je suis bien face à toi. Et je vais te faire payer pour tout ce que tu as fait !

Je mets ma menace à exécution en le transperçant de part en part. Dans son esprit, je fais entrer mes plus sombres réflexions, toutes mes peurs, ma solitude depuis vingt ans, et la responsabilité des meurtres de ce soir. Il se laisse tomber à genoux et expire un souffle rauque avant de s'évanouir.

Pendant quelques minutes, alors que j'entends encore les pas d'Élodie et Damien s'éloigner sur le bitume, je reste face à cet homme évanoui devant moi. Mais serais-je capable de lui ôter la vie ? Je ne crois pas… Alors je retourne vers le manoir, impuissante…

Rendez-vous au chapitre 65 pour connaître la fin de l'histoire.

65.

Quelques jours plus tard

J'ai passé les jours qui ont suivi cette macabre soirée à me poser un grand nombre de questions. Pourquoi ai-je vécu tout ça, dans ma vie et après ma mort ? Pourquoi certains ont survécu à cette soirée et d'autres, non ? Pourquoi le monde dans lequel nous vivons est-il aussi injuste ? Et surtout, pourquoi suis-je encore là ? Je croyais être restée sur Terre, être devenue un fantôme parce que ma mission ici n'était pas terminée. Je croyais devoir résoudre le massacre sauvage de ma famille, je croyais devoir nous venger, je pensais qu'il suffirait de faire tout cela pour partir, enfin. Les rejoindre dans l'au-delà. Mais rien de tout cela n'est arrivé. Et je ne comprends pas pourquoi.

Ce matin, je ne sais plus depuis combien de temps les adolescents sont partis du manoir. La police est arrivée à peine une heure après leur départ, sans doute alertée par les survivants. Ils ont d'abord embarqué le tueur, toujours inconscient. Puis une troupe d'hommes en uniformes, en combinaisons blanches, avec des masques et des lunettes de protection sont arrivés. Un ballet d'ambulances et de voitures de police dans la cour du manoir. Je n'avais jamais vu cela depuis... depuis ma propre mort, quand nos corps ont été découverts.

Alice était encore en vie, mais très grièvement blessée. Ils l'ont emmenée. Après cela, ils ont pris les dépouilles des autres adolescents. Ils ont analysé minutieusement chaque détail, pris des photos, ils ont prélevé des indices, des empreintes, des armes du crime. Puis ils ont tout nettoyé, ça a demandé une journée entière. Et ils sont repartis. Depuis, je suis seule et mes questions restent sans réponse.

Alors que je rumine, deux voitures de police se garent dans la cour du manoir. Je me précipite à la porte d'entrée, barrée d'adhésifs jaunes interdisant l'accès, scellée à la cire par un document de « scène de crime ». Bien entendu, des badauds se sont pressés devant les grilles depuis cette nuit-là, mais aucun n'a pu pénétrer à l'intérieur. Là, les deux voitures de police sont très officielles, et je sens l'excitation monter en moi quand Damien et Élodie en sortent. Ils vont bien ! Pour la première fois, je les vois au soleil, en pleine journée. Leurs traits tirés, leurs tenues simples et sombres tranchent avec l'image que j'ai d'eux à leur arrivée ce soir-là, insouciants.

Alice n'est pas là, et ça m'inquiète. A-t-elle survécu à ses blessures ? Damien tient la jeune Élodie par les épaules. Dans la douleur, ce jeune homme a trouvé comment se rendre utile, comment aider la sœur du garçon qu'il aimait en secret. Quand je les vois tous les deux, je me rends compte qu'ils sont devenus une véritable équipe.

Une femme en uniforme d'une cinquantaine d'années, les cheveux poivre et sel tirés en chignon, s'avance jusqu'à la porte d'entrée et prend la parole. La plaque qu'elle porte sur la poitrine indique « Commissaire Benton ».

– Bien, nous allons pouvoir commencer. Damien et Élodie, merci beaucoup d'avoir accepté de revenir ici. Je sais à quel point cela doit être dur pour vous. Mais nous avons besoin de reconstituer les événements précisément. Vous serez nos guides aujourd'hui. Si vous avez le moindre problème, nous ferons une pause. Nous allons devoir retourner sur les lieux des meurtres de vos amis Bastien, Clara et Franck… Et de votre amie Alice, qui n'a malheureusement pas survécu à ses blessures une fois transportée à l'hôpital.

Savoir qu'Alice aussi est morte transperce mon cœur de fantôme. Les deux rescapés acquiescent, puis entrent en silence avec les trois autres policiers dans le manoir. L'un d'eux prend des notes, un autre, des photos. Élodie s'arrête devant le miroir de l'entrée, me fixant droit dans les yeux. Elle perçoit encore ma présence ! Cela me comble de joie.

– On s'est d'abord arrêtés ici, commente Damien. Puis, on est tous allés dans la bibliothèque.

Le groupe se déplace et, petit à petit, reconstitue les événements. Un moment compliqué pour les rescapés, mais très important. Puis tout le monde descend dans le hall. La commissaire reprend la parole.

– Merci pour votre aide précieuse. Vous avez été très courageux. Laurent Pozzini est toujours hospitalisé et dans le coma. Nous ne pouvons malheureusement rien tirer de lui tant que c'est le cas… Nous espérons qu'un jour il pourra être jugé pour ses crimes. Pour le meurtre de vos amis et pour le quadruple homicide de la famille Dramont en 2002. Vous avez eu un comportement exemplaire.

Ils acquiescent tous les deux, puis leurs yeux se lèvent vers le plafond, vers les murs de la pièce, comme s'ils me cherchaient du regard. J'en rougirais presque.

– On a eu un peu d'aide, chuchote Alice.

À ces mots, tout le monde sort du manoir. Je reste seule un instant, les yeux fermés. Autour de moi, c'est le vide, et la solitude de nouveau. J'ai la ferme conviction que, tant que le meurtrier de ma famille ne sera pas jugé ou mort, je ne pourrai jamais les rejoindre dans l'au-delà. Ça, c'est ma punition pour ne pas avoir su défendre les adolescents. Pour avoir laissé Franck et Alice se faire massacrer alors que j'aurais pu les aider, comme j'aurais pu aider mon petit frère à l'époque. Et cela restera le drame de ma vie et de mon après-mort…

FIN

Bravo, tu as tenu bon dans cet urbex mortel… Mais n'hésite pas à tenter l'aventure une nouvelle fois en faisant des choix différents ! Peut-être arriveras-tu à sauver plus de membres du groupe cette fois-ci ?

66.

21 h 20 — Dans le grenier

Je communique avec Élodie pour inciter le groupe à se rendre au grenier, en précisant que le tueur est encore au rez-de-chaussée, ce qui leur laissera du temps pour s'échapper. S'ils peuvent passer par la lucarne, ils se retrouveront sur le toit et pourront appeler à l'aide ou tenter de descendre par la gouttière. Cela me semble la meilleure option.

– Gwendoline nous dit de rejoindre le grenier, traduit Élodie. Le tueur est au rez-de-chaussée.

Franck et Alice acquiescent, même si je sens une certaine tension. Comme s'ils ne me faisaient pas totalement confiance. Moi, je me demande ce que le tueur fait en bas… J'espère qu'il n'a pas trouvé une nouvelle arme plus meurtrière que son couteau.

Alice, Franck et Élodie montent dans le grenier, tentant de faire le moins de bruit possible. Mais Franck fait grincer une latte de bois malgré lui. Je sens la panique les envahir alors qu'ils pressent le pas pour arriver en haut de l'escalier. Ils entrent dans le grenier, Alice et Franck poussent le vieux piano devant la porte.

– Ça devrait le retenir, se persuade Franck.

J'espère qu'il a raison, car je sens que le tueur est en train de monter au premier étage. « *Dépêchez-vous !* » hurlé-je dans l'esprit d'Élodie.

– Vite ! répète la jeune fille.

Alice et Franck se précipitent sur la lucarne, qu'ils ouvrent en grand.

– C'est pas assez grand, c'est ce que je vous ai dit tout à l'heure ! reproche Alice. Putain, pourquoi j'y ai pas pensé ?!

– On va essayer quand même ! réplique Franck.

Il soulève Élodie dans ses bras, qui se hisse à travers la lucarne et passe sans trop de difficulté avec sa carrure de fillette. Franck approche un gros carton sous la lucarne et enjoint Alice de tenter de passer au travers elle aussi. La jeune fille s'exécute, non sans appréhension. Mais dès qu'elle a mis les bras dans l'embrasure de la fenêtre, elle ne parvient pas à avancer davantage.

– C'est trop serré ! Je suis coincée.

Elle redescend, penaude.

– Si toi tu n'y arrives pas, c'est même pas la peine que j'essaye, rétorque Franck.

Alice se penche à travers la lucarne pour parler à Élodie, qui s'est réfugiée un peu plus haut sur le toit.

– Élodie, ne fais pas de bruit, ok ? Il ne doit pas savoir que tu es là. Cache-toi plus loin. On va trouver un moyen de te rejoindre ou de te faire descendre.

La jeune adolescente acquiesce et exécute l'ordre d'Alice. Celle-ci se retrouve à présent seule dans le grenier avec Franck.

– Qu'est-ce qu'on fait ? demande-t-elle au garçon.

En guise de réponse, une hache transperce la porte, juste au-dessus du piano. Alice hurle alors que la tête du tueur apparaît par le trou, encagoulée.

– Vous ne m'échapperez pas ! s'égosille-t-il.

Alice et Franck sont à sa merci, la panique se lit dans leurs yeux alors que Franck tend sa batte de base-ball. Le tueur défonce la porte, pousse le piano de toute sa rage et pénètre à l'intérieur du grenier. Il a enlevé sa cagoule, révélant encore plus sa démence assassine. Brandissant sa hache, il se jette sur les deux adolescents. J'ai une seconde à peine pour décider qui je vais protéger. Franck ou Alice ?

Je protège Alice ? Rendez-vous au chapitre 68.
Je protège Franck ? Rendez-vous au chapitre 69.

67.

21 h 20 — Dans la cave

Alice, Franck et Élodie se précipitent vers la cave sans se retourner : ils ont bien conscience que le tueur est plus que jamais à leurs trousses.

Alice manque de trébucher sur le corps de Damien en bas de l'escalier, mais se rattrape *in extremis*. Franck est le premier à arriver à la porte qui mène vers l'extérieur et termine de l'enfoncer.

– Dépêchez-vous ! hurle-t-il en apercevant le meurtrier surgir dans la cave.

Il pousse Élodie à monter l'escalier qui mène à l'extérieur, puis Alice. Le tueur est trop proche. Le meurtrier les rattrapera dans le jardin en quelques enjambées. Franck semble le comprendre tout comme moi. Il adresse un dernier regard à Alice, lui fait signe de courir. Elle acquiesce et avance. Franck lui, se met dos à la sortie, sa batte de base-ball toujours en main, les jambes écartées. Il fait face au tueur, qui fonce droit sur lui, hache à la main. Franck dévale les marches en hurlant de rage, brandissant sa batte, mais le tueur l'esquive et le laisse tomber en bas de l'escalier. Là, à sa merci, le jeune homme se retourne sur le dos et a juste le temps de contrer la hache du tueur avec sa batte. Une lutte s'installe entre les deux hommes. Franck résiste. Pourtant, la hache descend dangereusement vers son corps. Elle commence à transpercer son sweat-shirt, entaillant sa peau, mais le jeune homme tient bon malgré la douleur. Moi, je me sens soudainement plus forte. Je commence à comprendre que, depuis le premier meurtre ce soir, mes pouvoirs n'ont cessé d'augmenter. À chaque fois que quelqu'un ici meurt, je me nourris de ses derniers instants, de la vie qui le quitte. Si Franck décède dans les minutes à venir, alors ce sera la même chose. Je pourrai m'abreuver de sa mort et espérer gagner encore en puissance. À partir de là, je pourrai m'occuper du tueur en personne. N'est-ce pas la raison de ma présence dans cette maison depuis ma mort ? Me venger, enfin comprendre la vérité ? Pourtant je pourrais aussi aider ce pauvre Franck à s'en sortir… Que dois-je faire ?

J'aide Franck ? Rendez-vous au chapitre 74.

J'attends la mort de Franck ? Rendez-vous au chapitre 75.

68.

21 h 25 — Dans le grenier

La mort dans l'âme, je choisis Alice. Je me place entre elle et le tueur, formant un champ protecteur luminescent avec mon corps de fantôme. L'assaillant prend peur immédiatement et bifurque vers le pauvre Franck qui tente de lui asséner un coup avec sa batte. Mais le meurtrier ne le laisse pas faire. Sa hache s'abat sur son torse et le jeune homme se retrouve à terre dans un cri de douleur. Ses os se brisent alors que le tueur retire l'instrument de son corps. Puis sa hache sectionne d'un coup sec le bras droit de Franck, qui tombe définitivement. Un jet puissant de sang se répand dans le grenier. Je doute qu'on puisse survivre à une telle blessure. Pendant ce temps, Alice hurle de terreur. Cependant, trop choquée, elle ne parvient pas à bouger. Il faut que je réagisse et que je l'aide. Une solution, vite !

Je me jette en avant avec l'intention de me propulser dans son corps. Le soulagement s'empare de moi quand je me rends compte que j'ai réussi. Je ne me savais pas capable de telles prouesses. Alice et moi ne formons plus qu'une désormais. Puisqu'elle est incapable de s'échapper, c'est moi qui vais l'y aider. Lucide, je m'empare de son corps et me mets à courir. Alors que Franck pousse son dernier soupir, je dévale l'escalier, direction le premier étage. C'est vraiment étrange d'être dans un corps comme celui-ci. Tellement vivant. Tellement… lourd. Me voici déjà au rez-de-chaussée. J'entends le meurtrier derrière moi, à seulement quelques mètres. Je ne m'arrête pas, je cours jusqu'à la cuisine, descends les marches menant à la cave. Heureusement, l'ouverture faite par le tueur est encore là. Je me précipite à l'extérieur par la porte en bois qu'il a ravagée il y a un quart d'heure. Pour la première fois depuis longtemps, je ressens l'air frais de la nuit sur moi.

Je continue à courir dans le jardin. Rendez-vous au chapitre 70.

69.

21 h 25 — Dans le grenier

Malgré mes hésitations, je choisis Franck. J'attrape le pied d'un abat-jour qui traîne dans le grenier et le balance sur le tueur. Déséquilibré, celui-ci bifurque vers Alice. Le temps pour Franck de rejoindre la porte du grenier. Mais quand Alice crie, les mains devant son visage pour se protéger du tueur qui agite sa hache, Franck fait demi-tour et se jette sur l'homme, brandissant sa batte de base-ball. La force décuplée par sa rage assassine, celui-ci le repousse comme un vulgaire insecte. Franck trébuche et tombe sur les fesses pendant que le tueur plante sa hache dans la poitrine d'Alice. La scène semble se dérouler au ralenti. Alice regarde la hache, puis le tueur, puis la hache de nouveau, avant de hurler de douleur. L'homme retire son arme et le sang se répand sur le pull blanc de la jeune fille, qui tombe au sol.

– Alice ! Non ! hurle Franck.

Mais c'est déjà trop tard. Elle a été mortellement blessée. Si je veux sauver Franck, qui se relève déjà pour en découdre avec l'assassin, je dois prendre une décision radicale. Je dois le sauver contre sa propre volonté. Alors, je me concentre une nouvelle fois et entre en lui. Mon corps spectral et son corps de chair et d'os ne font plus qu'un. Si j'y arrive, je vais tout simplement prendre le contrôle de Franck. Je lève un bras, puis l'autre. Je sens sa volonté d'aider Alice, mais il ne pourra rien faire de plus pour elle. Elle est déjà morte. Lorsque le tueur se retourne vers Franck, son arme ensanglantée dans la main, son visage perlant de sang, je prends mes jambes à mon cou pour sortir Franck de là. Je dévale l'escalier dans son corps, fais tomber une étagère derrière moi, descends encore une autre volée de marches. Je cours jusqu'à la cuisine, manquant de trébucher sur des éclats de verre dans la véranda, puis je descends jusqu'à la cave. Plus que quelques mètres jusqu'à la porte qui mène à l'extérieur, et Franck sera libre…

Je cours jusqu'au jardin. Rendez-vous au chapitre 72.

70.

21 h 30 — Dans le jardin

À l'extérieur, je sens mes forces me quitter. Je ne peux pas vraiment m'éloigner du manoir. C'est le lieu où j'ai grandi, où je suis morte. Le lieu que je suis destinée à hanter. Alors je suis arrachée au corps d'Alice, qui se retrouve, hébétée, dans le jardin. Le tueur est toujours à ses trousses. Pourtant, elle s'arrête un court instant. Je vois dans ses yeux terrifiés la mort violente de Franck, sa fuite éperdue. Son malaise suite au fait que j'ai pris possession de son corps.

– Élodie… murmure-t-elle soudain.

J'avais presque oublié la plus jeune du groupe, toujours perchée sur le toit. Elle aussi, je dois l'aider ! Alice bifurque vers un bosquet et s'enfonce dans le noir, dans le grand jardin du manoir. Le tueur la suit, mais la perd très vite de vue. Rassurée, je décide de me concentrer sur Élodie et monte sur le toit.

« *Je vais t'aider à descendre, Élodie* », murmuré-je dans son esprit.

Elle acquiesce et je la guide pour descendre du toit en toute sécurité. Je connais chaque tuile et chaque brique du manoir, je suis capable de lui éviter les pièges. Finalement, elle saute du toit le plus bas, celui de la véranda, jusqu'au sol.

« *Cours, maintenant !* »

Alors qu'elle s'élance vers le grand portail, Alice sort des fourrés, la rejoignant.

Malheureusement, le meurtrier les a vues. Et il est tout proche. Je me précipite sur lui.

« *Fuyez !* » hurlé-je dans l'esprit des deux jeunes filles.

Je ne sais pas si elles m'ont entendue. Peu importe. Elles courent à perdre haleine jusqu'à la sortie du jardin, loin du manoir. Mais cela ne suffira pas. Il va les rattraper, les poursuivre dans la rue.

Je dois l'arrêter.

Je dois m'opposer à cet homme qui a massacré ma famille et vient de tuer quatre adolescents de plus. Alors je le devance et je concentre toutes mes forces dans l'idée de l'arrêter. Je me matérialise devant lui, plus forte que jamais. Il s'immobilise, choqué de ma présence. Suffisamment longtemps pour donner de l'avance à Alice et Élodie. Je flotte à quelques centimètres de lui, l'air menaçant.

– Quoi ? lance-t-il. Ce n'est pas possible… Gwendoline ?

– Tu ne rêves pas, réponds-je d'une voix glaciale. Je suis bien face à toi. Et je vais te faire payer pour tout ce que tu as fait.

Je mets ma menace à exécution en le transperçant de part en part. Dans son esprit, je fais entrer toutes mes plus sombres réflexions, toutes mes peurs, ma solitude depuis vingt ans, et la responsabilité des meurtres de ce soir. Il se laisse tomber à genoux et expire un souffle rauque avant de s'évanouir.

Pendant quelques minutes, alors que j'entends encore les pas d'Élodie et Alice s'éloigner sur le bitume, je reste face à cet homme évanoui devant moi. Mais serais-je capable de lui ôter la vie ? Je ne crois pas… Alors je retourne vers le manoir, impuissante…

Rendez-vous au chapitre 71 pour connaître la fin de l'histoire.

71.

Quelques jours plus tard

J'ai passé les jours qui ont suivi cette macabre soirée à me poser un grand nombre de questions. Pourquoi ai-je vécu tout ça, dans ma vie et après ma mort ? Pourquoi certains ont survécu à cette soirée et d'autres, non ? Pourquoi le monde dans lequel nous vivons est-il aussi injuste ? Et surtout, pourquoi suis-je encore là ? Je croyais être restée sur Terre, être devenue un fantôme parce que ma mission ici n'était pas terminée. Je croyais devoir résoudre le massacre sauvage de ma famille, je croyais devoir nous venger, je pensais qu'il suffirait de faire tout cela pour partir, enfin. Les rejoindre dans l'au-delà. Mais rien de tout cela n'est arrivé. Et je ne comprends pas pourquoi.

Ce matin, je ne sais plus depuis combien de temps les adolescentes sont parties du manoir. La police est arrivée à peine une heure après leur départ, sans doute alertée par les survivantes. Ils ont d'abord embarqué le tueur, toujours inconscient. Puis une troupe d'hommes en uniformes, en combinaisons blanches, avec des masques et des lunettes de protection sont arrivés. Un ballet d'ambulances et de voitures de police dans la cour du manoir. Je n'avais jamais vu cela depuis… depuis ma propre mort, quand nos corps ont été découverts.

Ils ont pris les dépouilles des adolescents. Ils ont analysé minutieusement chaque détail, pris des photos, ils ont prélevé des indices, des empreintes, les armes des crimes. Puis ils ont tout nettoyé, ça a demandé une journée entière. Et ils sont repartis. Depuis, je suis seule, et mes questions restent sans réponse.

Alors que je rumine, deux voitures de police se garent dans la cour du manoir. Je me précipite à la porte d'entrée, barrée d'adhésifs jaunes interdisant l'accès, scellée à la cire par un document de « scène de crime ». Bien entendu, des badauds se sont pressés devant les grilles depuis cette nuit-là, mais aucun n'a pu pénétrer à l'intérieur. Là, les deux voitures de police sont très officielles, et je sens l'excitation monter en moi quand Alice et Élodie en sortent. Elles vont bien ! Pour la première fois, je les vois au soleil, en pleine journée. Leurs traits tirés, leurs tenues simples et sombres tranchent avec l'image que j'ai d'elles à leur arrivée ce soir-là, insouciantes.

Alice tient Élodie par les épaules. Dans la douleur, cette jeune femme a trouvé comment se rendre utile, comment aider la sœur de son ami. Alors qu'elle devait gérer son propre deuil. Quand je les vois toutes les deux, je me rends compte qu'elles sont devenues une véritable équipe.

Une femme en uniforme d'une cinquantaine d'années, les cheveux poivre et sel tirés en chignon, s'avance jusqu'à la porte d'entrée et prend la parole. La plaque qu'elle porte sur la poitrine indique « Commissaire Benton ».

– Bien, nous allons pouvoir commencer. Alice et Élodie, merci beaucoup d'avoir accepté de revenir ici. Je sais à quel point cela doit être dur pour vous. Mais nous avons besoin de reconstituer les événements précisément. Vous serez nos guides aujourd'hui. Si vous avez le moindre problème, nous ferons une pause. Nous allons devoir retourner sur les lieux des meurtres de Bastien, Clara, Damien et Franck…

Les deux rescapées acquiescent, puis entrent en silence avec les trois autres policiers dans le manoir. L'un d'eux prend des notes, un autre, des photos. Élodie s'arrête devant le miroir de l'entrée, me fixant droit dans les yeux. Elle perçoit encore ma présence ! Cela me comble de joie.

– On s'est d'abord arrêtés ici, commente Alice. Puis, on est tous allés dans la bibliothèque.

Le groupe se déplace et, petit à petit, reconstitue les événements. Un moment compliqué pour les rescapées, mais très important. Puis tout le monde descend dans le hall. La commissaire reprend la parole.

– Merci pour votre aide précieuse. Vous avez été très courageuses. Laurent Pozzini est toujours hospitalisé mais il est sorti hier du coma. Il a tout avoué et sera bientôt jugé pour ses crimes. Pour le meurtre de vos amis et pour le quadruple homicide de la famille Dramont en 2002. Il dit qu'il n'a pas voulu tuer sa fille, que c'était un accident… Qu'elle aurait dû être la seule survivante. Mais cela ne change rien… Vous avez eu un comportement exemplaire.

Elles acquiescent toutes les deux, puis leurs regards se lèvent vers le plafond, vers les murs de la pièce, comme si elles me cherchaient. J'en rougirais presque.

– On a eu un peu d'aide, chuchote Alice.

À ces mots, tout le monde sort du manoir et les voitures redémarrent. Je reste seule un instant, les yeux fermés. Puis, je sens que quelque chose m'appelle. Je sors sur le porche. Mais il n'y a rien ici. Les traces de pneus au sol sont les derniers vestiges du passage des vivants. Pourtant, je perçois comme une présence… familière. C'est là qu'ils apparaissent devant moi, dans le ciel gris d'automne, dans un halo doré éblouissant. Ma mère, mon père et mon frère.

– Il est temps que tu viennes avec nous, annoncent-ils d'une même voix.

Je leur tends la main et je disparais avec eux dans l'au-delà. Enfin…

FIN

Bravo, tu as tenu bon dans cet urbex mortel... Mais n'hésite pas à tenter l'aventure une nouvelle fois en faisant des choix différents! Peut-être arriveras-tu à sauver plus de membres du groupe cette fois-ci?

72.

21 h 30 — Dans le jardin

À l'extérieur, je laisse Franck reprendre ses esprits. Il pense aussitôt à se cacher derrière un buisson, alors que le tueur sort en furie de la cave. Il avance vers la sortie du jardin, brandissant sa hache devant lui. Franck ne fait pas un mouvement. Finalement, il lève les yeux au-dessus de lui, comme s'il me cherchait du regard.

– Pourquoi tu l'as laissée mourir ? m'implore-t-il. Je pouvais la sauver !

Je n'essaye pas de lui répondre, car au fond de lui il sait comme moi que c'était impossible. Soudain, il lève les yeux vers le toit du manoir.

– Élodie…

Il a raison, il faut la sauver, la sortir de cet enfer. Profitant de ce que le tueur soit en train de se perdre dans le grand jardin, Franck sort de sa cachette. Il contourne le manoir et grimpe sur le petit toit du porche par le solide tronc de la plante qui a pris racine juste ici. Je l'observe, angoissée, monter encore d'un étage en s'agrippant à une fenêtre.

– Élodie ! murmure-t-il aussi fort que possible. Viens par ici !

L'adolescente se penche au-dessus du toit, quelques mètres plus haut, tétanisée. Franck lui fait signe de descendre et j'angoisse encore plus. Aussi, je tente de les aider comme je peux, sécurisant le passage sur la gouttière avec les forces dont je dispose. Mais Élodie trébuche et tombe jusqu'au rez-de-chaussée. Elle ne peut s'empêcher de crier de douleur. Je crois qu'elle s'est cassé la cheville ! Franck redescend aussi vite qu'il le peut, pourtant le cri a forcément alerté le meurtrier. Le garçon porte Élodie dans ses bras et court le plus vite possible vers la sortie du domaine, sans se retourner. Mais leur poursuivant est derrière eux. Franck s'arrête juste avant le portail et dépose Élodie au sol.

– Essaye de marcher le plus loin possible d'ici. Ne te retourne pas !

La jeune fille s'exécute, des larmes plein les yeux. Franck se tourne vers moi, je crois qu'il sent enfin ma présence. Plus déterminé que jamais, il prend la parole.

– Je vais le tuer, je jure que je vais le tuer !

Et cette fois-ci, ses mots me transpercent. Il ne va pas le tuer seul, non. Nous allons le tuer tous les deux. C'est ce que j'aurais dû faire tout à l'heure. C'est ce que je dois faire pour venger ma famille. Alors, je fonds sur le meurtrier et le renverse de tout mon poids. Puis Franck se jette sur lui et lui arrache sa hache des mains. Il coince l'homme au sol avec ses genoux, je l'aide avec ma jambe, plus solide que jamais. Ensemble, nous brandissons la hache au-dessus de nos têtes. Je retiens le geste un instant, pénétrant dans l'esprit du tueur. Mais je n'obtiens rien, pas même un aveu. Franck et moi, nous l'achevons d'un coup.

Dans le silence de la nuit, Franck se relève, lance la hache le plus loin possible et éclate en sanglots.

– J'étais amoureux d'elle, lâche-t-il avec désespoir.

Je voudrais pouvoir le réconforter, mais comment ? L'adolescent franchit la grille du manoir, quittant définitivement ce lieu maudit.

Rendez-vous au chapitre 73 pour connaître la fin de l'histoire.

73.

Quelques jours plus tard

J'ai passé les jours qui ont suivi cette macabre soirée à me poser un grand nombre de questions. Pourquoi ai-je vécu tout ça, dans ma vie et après ma mort ? Pourquoi certains ont survécu à cette soirée et d'autres, non ? Pourquoi le monde dans lequel nous vivons est-il aussi injuste ? Et surtout, pourquoi suis-je encore là ? Je croyais être restée sur Terre, être devenue un fantôme parce que ma mission ici n'était pas terminée. Je croyais devoir résoudre le massacre sauvage de ma famille, je croyais devoir nous venger, je pensais qu'il suffirait de faire tout cela pour partir, enfin. Les rejoindre dans l'au-delà. Mais rien de tout cela n'est arrivé. Et je ne comprends pas pourquoi.

Ce matin, je ne sais plus depuis combien de temps les adolescents sont partis du manoir. La police est arrivée à peine une heure après leur départ, sans doute alertée par les survivants. Ils ont d'abord embarqué le corps du tueur qui gisait près du portail. Puis une troupe d'hommes en uniformes, en combinaisons blanches, avec des masques et des lunettes de protection sont arrivés. Un ballet d'ambulances et de voitures de police dans la cour du manoir. Je n'avais jamais vu cela depuis… depuis ma propre mort, quand nos corps ont été découverts.

Ils ont pris les dépouilles des adolescents. Ils ont analysé minutieusement chaque détail, pris des photos, ils ont prélevé des indices, des empreintes, des armes du crime. Puis ils ont tout nettoyé, ça a demandé une journée entière. Et ils sont repartis. Depuis, je suis seule de nouveau, avec mes questions.

Alors que je rumine, deux voitures de police se garent dans la cour du manoir. Je me précipite à la porte d'entrée, barrée d'adhésifs jaunes interdisant l'accès, scellée à la cire par un document de « scène de crime ». Bien entendu, des badauds se sont pressés devant les grilles depuis cette nuit-là, mais aucun n'a pu pénétrer à l'intérieur. Là, les deux voitures de police sont très officielles, et je sens l'excitation monter en moi quand Franck et Élodie en sortent. Ils vont bien ! Pour la première fois, je les vois au soleil, en pleine journée. Leurs traits tirés, leurs tenues simples et sombres tranchent avec l'image que j'ai d'eux à leur arrivée ce soir-là, insouciants.

Franck tient Élodie par les épaules. Elle porte un plâtre et se déplace avec des béquilles. Dans la douleur, le jeune homme a trouvé comment se rendre utile, comment aider la sœur de son ami. Lui qui a aussi perdu la fille qu'il aimait. Quand je les vois tous les deux, je me rends compte qu'ils sont devenus une véritable équipe.

Une femme en uniforme d'une cinquantaine d'années, les cheveux poivre et sel tirés en chignon, s'avance jusqu'à la porte d'entrée et prend la parole. La plaque qu'elle porte sur la poitrine indique « Commissaire Benton ».

– Bien, nous allons pouvoir commencer. Franck et Élodie, merci beaucoup d'avoir accepté de revenir ici. Je sais à quel point cela doit être dur pour vous. Mais nous avons besoin de reconstituer les événements précisément. Vous serez nos guides aujourd'hui. Si vous avez le moindre problème, nous ferons une pause. Nous allons devoir retourner sur les lieux des meurtres de Bastien, Clara, Damien et Alice…

Les deux rescapés acquiescent, puis entrent en silence dans le manoir avec les trois autres policiers. L'un d'eux prend des notes, un autre, des photos. Élodie s'arrête devant le miroir de l'entrée, me fixant droit dans les yeux. Elle perçoit encore ma présence ! Cela me comble de joie.

– On s'est d'abord arrêtés ici, commente Franck. Puis, on est tous allés dans la bibliothèque.

Le groupe se déplace et, petit à petit, reconstitue les événements. Un moment compliqué pour les rescapés, mais très important. Puis tout le monde descend dans le hall. La commissaire reprend la parole.

– Merci pour votre aide précieuse. Vous avez été très courageux. Franck, vous n'échapperez pas au procès pour le meurtre de Laurent Pozzini, mais compte tenu des circonstances, le jury sera clément, j'en suis certaine. Sans compter que vous êtes encore mineur et que vous étiez en position de légitime défense. Mais il ne sera jamais jugé. Rien n'indique qu'il soit responsable du quadruple homicide de la famille Dramont en 2002. Cela étant dit, vous avez de la chance d'être encore en vie.

Ils acquiescent tous les deux, puis leurs yeux se lèvent vers le plafond, vers les murs de la pièce, comme s'ils me cherchaient du regard. J'en rougirais presque.

– On a eu un peu d'aide, chuchote Élodie.

À ces mots, tout le monde sort du manoir. Je reste seule un instant, les yeux fermés. Rien de plus ne se passe. Je croyais qu'après tout cela, après avoir tué l'homme qui avait assassiné ma famille il y a vingt ans, je serais enfin libre. Je croyais que j'allais rejoindre l'au-delà, enfin retrouver mes parents ! Mais non. Je suis encore là, condamnée à errer dans les couloirs de ce manoir, à être hantée par les cadavres qui se sont succédé ici, dans chaque pièce. Car jamais je ne saurai réellement si cet homme était bien le meurtrier de ma famille, et pourquoi il a fait cela. Ces questions me hanteront pour le reste de l'éternité…

FIN

Bravo, tu as tenu bon dans cet urbex mortel… Mais n'hésite pas à tenter l'aventure une nouvelle fois en faisant des choix différents ! Peut-être arriveras-tu à sauver plus de membres du groupe cette fois-ci ?

74.

21 h 25 — Dans la cave

Je ne réfléchis pas plus longtemps et je jette une vieille boîte de conserve dans les dents du tueur. Elle le rate de peu, mais c'est suffisant pour le déstabiliser et pour que Franck parvienne à lui faire lâcher sa prise. Le jeune homme lui assène un coup de batte sur le nez. Malgré sa blessure, il se relève et flanque un nouveau coup de batte sur le crâne du meurtrier, qui tombe au sol. Puis Franck court vers la sortie. Je m'y engouffre après lui. Il court si vite que j'ai du mal à le rattraper. Enfin, c'est ce que je crois pendant un instant. Mais je comprends vite que j'ai surtout du mal à m'éloigner physiquement du manoir. Mon corps doit y être rattaché, d'une façon ou d'une autre. Alors, je regarde de loin Franck retrouver Alice et Élodie, qui l'attendent près du portail, encore terrorisées. Il se jette dans les bras d'Alice. Un soulagement intense se lit dans l'attitude de la jeune femme.

– Ne traînons pas ! lance finalement le garçon. Je l'ai seulement blessé. Il faut aller prévenir la police immédiatement !

Élodie a un dernier regard vers le manoir, pile à l'endroit où je me trouve. Est-ce qu'elle capte ma présence ? En tout cas, elle semble me remercier silencieusement. Une fois les adolescents partis, hors de danger, je décide de redescendre à la cave. Je vais m'occuper du tueur à présent…

Je retourne à la cave. Rendez-vous au chapitre 76.

75.

21 h 25 — Dans la cave

Ravalant ma culpabilité, je reste immobile, attendant que Franck perde ses forces et que la hache s'enfonce plus douloureusement encore dans son torse. Alors qu'il hurle de douleur, j'ai l'impression d'être un monstre de ne même pas réagir, de ne même pas l'aider. Ma seule consolation est de penser que, pendant que le jeune homme se fait lentement tuer, Élodie et Alice sont loin, si loin que je ne perçois même plus leur présence sur le domaine qui entoure le manoir. Elles doivent déjà être en train de courir en direction du commissariat de police.

Petit à petit, la vie de Franck le quitte. Il a les yeux révulsés quand il rend son dernier souffle. Moi, je me sens plus puissante que jamais : j'attire à moi son âme qui s'échappe déjà vers le ciel. Elle m'accompagnera encore un peu dans la tâche que je m'apprête à accomplir. Le tueur se relève, récupère sa hache maculée de sang dans le corps du jeune homme. Mais je ne lui laisse pas le temps de partir et fonds sur lui, prête à assouvir ma vengeance.

Je reste dans la cave. Rendez-vous au chapitre 78.

76.

21 h 30 — Dans la cave

Quand j'arrive dans la cave, le meurtrier est en train de reprendre conscience. L'homme se relève péniblement, le visage en sang. Franck l'a amoché, mais il s'en sortira bien. À présent, c'est à moi de décider ce que je vais lui faire. Je me concentre pour me matérialiser devant lui. Incrédule, il a besoin de quelques secondes pour comprendre.

– Gwendoline ? Je rêve, ce n'est pas possible…

Je ne lui laisse pas le loisir de s'échapper ou de réfléchir plus. Je plaque mes doigts sur son visage blafard alors qu'il se met à me supplier.

– Non ! Pitié, non ! Ne me fais pas de mal !

J'enfonce mes doigts dans ses tempes, lui arrachant un cri de douleur. Je plaque mon visage contre le sien, aspirant son âme dans la mienne. Moi qui avais si peur de me retrouver proche de lui, me voilà à présent en lui.

Je le vois sur le perron du manoir, emmitouflé dans un anorak luisant de pluie. Il fait noir dehors, mais pas encore tout à fait nuit. Quelque chose cloche. Il ne porte pas sa cagoule, et surtout, il a l'air beaucoup plus jeune. C'est ainsi que je comprends toute la vérité. Il me faut quelques secondes de plus pour l'assimiler, alors que le jeune Laurent Pozzini frappe à la porte du manoir. C'est ma mère qui lui ouvre. Il lui offre son plus beau sourire.

– Je peux vous aider, jeune homme ? Vous vous êtes perdu ?

– Bonsoir madame. Non, pas du tout. Je suis… je travaille avec votre mari. Il a oublié un dossier au bureau, je suis venu le lui rapporter.

– Oh, c'est très aimable à vous. Je vous en prie, entrez !

C'est ainsi que Laurent Pozzini est entré dans notre maison ce soir d'octobre 2002. Très vite, alors que ma mère lui tourne le dos, il ferme le verrou de la porte. Elle se retourne, et c'est là qu'il sort sa hache. Elle hurle, recule vers la véranda et il lui assène un premier coup directement dans la poitrine. À cet instant, mon père apparaît derrière lui.

– Chérie ! Qu'est-ce que…

Quand Laurent se retourne vers lui, sa hache à la main, il faut une seconde à mon père pour comprendre.

– Laurent… murmure-t-il en reculant dans son bureau. Laurent, qu'est-ce que tu fais ?

Mais le jeune homme ne faiblit pas. Il abat son arme sur mon père qui s'écroule dans la bibliothèque. Deux, trois, quatre, cinq coups de hache dans son torse, puis dans son dos. Le meurtrier se relève, impassible.

– Je t'avais dit que tu payerais pour nous avoir abandonnés, maman et moi. Je te l'avais dit. Maintenant je vais massacrer toute ta famille et ensuite je prendrai le contrôle de cette ville que tu aimes tant.

Mon père rend son dernier souffle avec une lueur de panique dans le regard. Puis, Laurent se rend dans l'escalier, où ma mère se traîne, tentant de lui échapper.

Le souvenir s'arrête là. Je ne sais que trop bien ce qui va se passer ensuite. J'ai vu les corps, j'ai reconstitué trop d'éléments ce soir pour ne pas comprendre. Ainsi, le fils caché et oublié de mon père nous a tous tués. Et ce soir, il est venu assassiner la bande de gamins qui allaient le démasquer… Ils avaient raison.

Malgré ma rage, je ne fais rien. J'en suis la première étonnée. Mais suis-je une meurtrière ? Est-ce que je veux lui ressembler ? Je ne crois pas… Alors, je le laisse là et je regagne mon ancienne chambre, apaisée d'avoir au moins pu sauver Alice, Franck et Élodie.

Rendez-vous au chapitre 77 pour connaître la fin de l'histoire.

77.

Quelques jours plus tard

J'ai passé les jours qui ont suivi cette macabre soirée à me poser un grand nombre de questions. Pourquoi ai-je vécu tout ça, dans ma vie et après ma mort ? Pourquoi certains ont survécu à cette soirée et d'autres, non ? Pourquoi le monde dans lequel nous vivons est-il aussi injuste ? Et surtout, pourquoi suis-je encore là ? Je croyais être restée sur Terre, être devenue un fantôme parce que ma mission ici n'était pas terminée. Je croyais devoir résoudre le massacre sauvage de ma famille, je croyais devoir nous venger, je pensais qu'il suffirait de faire tout cela pour partir, enfin. Les rejoindre dans l'au-delà. Mais rien de tout cela n'est arrivé. Et je ne comprends pas pourquoi.

Ce matin, je ne sais plus depuis combien de temps les adolescents sont partis du manoir. La police est venue dans la nuit, sans doute alertée par les survivants. Une troupe d'hommes en uniformes, en combinaison blanches, avec des masques et des lunettes de protection. Un ballet d'ambulances et de voitures de police dans la cour du manoir. Je n'avais jamais vu cela depuis… depuis ma propre mort, quand on a découvert nos corps.

Là, ils ont emporté les dépouilles des adolescents. Ils ont analysé minutieusement chaque détail, pris des photos, ils ont prélevé des indices, des empreintes, des armes du crime. Puis ils ont tout nettoyé, ça a demandé une journée entière. Et ils sont repartis. Depuis, je suis seule de nouveau, avec mes questions.

Alors que je rumine, deux voitures de police se garent dans la cour. Je me précipite à la porte d'entrée, barrée d'adhésifs jaunes interdisant l'accès, scellée à la cire par un document de « scène de crime ». Bien entendu, des badauds se sont pressés devant les grilles du manoir depuis cette nuit-là, mais aucun n'a pu pénétrer à l'intérieur. Là, les deux voitures de police sont très officielles, et je sens l'excitation monter en moi quand Alice, Élodie et Franck en sortent. Ils vont bien ! Pour la première fois, je les vois au soleil, en pleine journée. Leurs traits tirés, leurs tenues simples et sombres tranchent avec l'image que j'ai d'eux à leur arrivée ce soir-là, insouciants.

Je remarque très vite que Franck et Alice se tiennent la main. Cela me réchauffe le cœur de savoir que, malgré tout ce qu'ils viennent de vivre, cette expérience les a rapprochés et leur a permis d'enfin s'avouer leurs sentiments. Mais ils restent très protecteurs envers Élodie.

Quand je les vois tous les trois, je me rends compte qu'ils sont devenus une véritable équipe.

Une femme en uniforme d'une cinquantaine d'années, les cheveux poivre et sel tirés en chignon, s'avance jusqu'à la porte d'entrée et prend la parole. La plaque qu'elle porte sur la poitrine indique « Commissaire Benton ».

– Bien, nous allons pouvoir commencer. Alice, Franck et Élodie, merci beaucoup d'avoir accepté de revenir ici. Je sais à quel point cela doit être dur pour vous. Mais nous avons besoin de reconstituer les événements précisément. Vous serez nos guides aujourd'hui. Si vous avez le moindre problème, nous ferons une pause.

Les adolescents acquiescent, puis entrent en silence avec les trois autres policiers dans le manoir. L'un d'eux prend des notes, un autre, des photos. Élodie s'arrête devant le miroir de l'entrée, me fixant droit dans les yeux. Elle perçoit encore ma présence ! Cela me comble de joie.

– On s'est d'abord arrêtés ici, commente Franck. Puis, on est tous allés dans la bibliothèque.

Le groupe se déplace et, petit à petit, reconstitue les événements. Un moment compliqué pour les rescapés, mais très important. Puis tout le monde descend dans le hall. La commissaire reprend la parole.

– Merci pour votre aide précieuse. Vous avez été très courageux. Mais malheureusement, le tueur identifié par vos témoignages, Laurent Pozzini, s'est enfui. Nous le recherchons activement pour le meurtre de vos amis et pour le quadruple homicide de la famille Dramont en 2002. Malgré cela, vous avez eu un comportement exemplaire.

Ils acquiescent tous, puis leurs yeux se lèvent vers le plafond, vers les murs de la pièce, comme s'ils me cherchaient du regard. J'en rougirais presque.

– On a eu un peu d'aide, chuchote Alice.

À ces mots, tout le monde sort du manoir. Je reste seule un instant, les yeux fermés. Rien de plus ne se passe. Je croyais qu'après tout cela, après avoir démasqué l'homme qui a tué ma famille il y a vingt ans, je serais enfin libre. Je croyais que j'allais rejoindre l'au-delà, enfin retrouver mes parents ! Non, je suis encore là, condamnée à errer dans les couloirs de ce manoir, à être hantée par les cadavres qui se sont succédé ici, dans chaque pièce. Car tant que cet homme sera en liberté, je ne pourrai pas trouver le repos éternel…

FIN

Bravo, tu as tenu bon dans cet urbex mortel… Mais n'hésite pas à tenter l'aventure une nouvelle fois en faisant des choix différents ! Peut-être arriveras-tu à sauver plus de membres du groupe cette fois-ci ?

78.

21 h 30 — Dans la cave

Je me jette en lui comme un animal blessé. Je n'ai plus rien à perdre, je veux tout savoir. Pourquoi il a fait ça, pourquoi il nous a tués, ma famille et moi. Alors j'extirpe ses souvenirs de son esprit enragé et chaotique. Je le vois sur le perron du manoir, emmitouflé dans un anorak luisant de pluie. Il fait noir dehors, mais pas encore tout à fait nuit. Quelque chose cloche. Il ne porte pas sa cagoule et, surtout, il a l'air beaucoup plus jeune. C'est ainsi que je comprends toute la vérité. Il me faut quelques secondes de plus pour l'assimiler, alors que le jeune Laurent Pozzini frappe à la porte du manoir. C'est ma mère qui lui ouvre. Il lui offre son plus beau sourire.

– Je peux vous aider, jeune homme ? Vous vous êtes perdu ?

– Bonsoir madame. Non, pas du tout. Je suis… je travaille avec votre mari. Il a oublié un dossier au bureau, je suis venu le lui rapporter.

– Oh, c'est très aimable à vous. Je vous en prie, entrez !

C'est ainsi que Laurent Pozzini est entré dans notre maison ce soir d'octobre 2002. Très vite, alors que ma mère lui tourne le dos, il ferme le verrou de la porte. Elle se retourne, et c'est là qu'il sort sa hache. Elle hurle, recule vers la véranda et il lui assène un premier coup directement dans la poitrine. À cet instant, mon père apparaît derrière lui.

– Chérie ! Qu'est-ce que...

Quand Laurent se retourne vers lui, sa hache à la main, il faut une seconde à mon père pour comprendre.

– Laurent... murmure-t-il en reculant dans son bureau. Laurent, qu'est-ce que tu fais ?

Mais le jeune homme ne faiblit pas. Il abat son arme sur mon père qui s'écroule dans la bibliothèque. Deux, trois, quatre, cinq coups de hache dans son torse, puis dans son dos. Le meurtrier se relève, impassible.

– Je t'avais dit que tu payerais pour nous avoir abandonnés, maman et moi. Je te l'avais dit. Maintenant je vais massacrer toute ta famille et ensuite je prendrai le contrôle de cette ville que tu aimes tant.

Mon père rend son dernier souffle avec une lueur de panique dans le regard. Puis, Laurent se rend dans l'escalier, où ma mère se traîne, tentant de lui échapper.

Le souvenir s'arrête là. Je ne sais que trop bien ce qui va se passer ensuite. J'ai vu les corps, j'ai reconstitué trop d'éléments ce soir pour ne pas comprendre. Ainsi, le fils caché et oublié de mon père nous a tous tués. Et ce soir, il est venu assassiner la bande de gamins qui allaient le démasquer…

J'ai trop de rage en moi pour l'épargner.

Je sors de son corps et me rends visible. Le voilà face à moi, haletant. La terreur se lit sur son visage alors qu'il m'aperçoit.

– Gwendoline ?

Je ne lui réponds pas et lui arrache sa hache des mains pour lui trancher le cou. La surprise se lit encore sur son visage quand sa tête roule par terre jusqu'au corps de Franck.

Rendez-vous au chapitre 79 pour connaître la fin de l'histoire.

79.

Quelques jours plus tard

J'ai passé les jours qui ont suivi cette macabre soirée à me poser un grand nombre de questions. Pourquoi ai-je vécu tout ça, dans ma vie et après ma mort ? Pourquoi certains ont survécu à cette soirée et d'autres, non ? Pourquoi le monde dans lequel nous vivons est-il aussi injuste ? Et surtout, pourquoi suis-je encore là ? Je croyais être restée sur Terre, être devenue un fantôme parce que ma mission ici n'était pas terminée. Je croyais devoir résoudre le massacre sauvage de ma famille, je croyais devoir nous venger, je pensais qu'il suffirait de faire tout cela pour partir, enfin. Les rejoindre dans l'au-delà. Mais rien de tout cela n'est arrivé. Et je ne comprends pas pourquoi.

Ce matin, je ne sais plus depuis combien de temps les adolescents sont partis du manoir. La police est venue dans la nuit, sans doute alertée par les survivants. Une troupe d'hommes en uniformes, en combinaisons blanches, avec des masques et des lunettes de protection. Un ballet d'ambulances et de voitures de police dans la cour du manoir. Je n'avais jamais vu cela depuis... depuis ma propre mort, quand on a découvert nos corps.

Là, ils ont emporté les dépouilles des adolescents. Ils ont analysé minutieusement chaque détail, pris des photos, ils ont prélevé des indices, des empreintes, des armes du crime. Puis ils ont tout nettoyé, ça a demandé une journée entière. Et ils sont repartis. Depuis, je suis seule de nouveau, avec mes questions.

Alors que je rumine, deux voitures de police viennent de se garer dans la cour du manoir. Je me précipite à la porte d'entrée, barrée d'adhésifs jaunes interdisant l'accès, scellée à la cire par un document de « scène de crime ». Bien entendu, des badauds se sont pressés devant les grilles depuis cette nuit-là, mais aucun n'a pu pénétrer à l'intérieur. Là, les deux voitures de police sont très officielles et je sens l'excitation monter en moi quand Alice et Élodie en sortent. Elles vont bien ! Pour la première fois, je les vois au soleil, en pleine journée. Leurs traits tirés, leurs tenues simples et sombres tranchent avec l'image que j'ai d'elles à leur arrivée ce soir-là, insouciantes. Elles ont vu et vécu des choses qu'elles n'auraient pas dû vivre et voir dans leur vie d'adolescentes. Et pour ça, je ne peux rien faire.

Alice tient Élodie par les épaules. Dans la douleur, cette jeune femme a trouvé comment se rendre utile, comment aider la sœur de son ami. Elle qui doit aussi gérer son propre deuil. Quand je les vois toutes les deux, je me rends compte qu'elles sont devenues une véritable équipe.

Une femme en uniforme d'une cinquantaine d'années, les cheveux poivre et sel tirés en chignon, s'avance jusqu'à la porte d'entrée et prend la parole. La plaque qu'elle porte sur la poitrine indique « Commissaire Benton ».

– Bien, nous allons pouvoir commencer. Alice et Élodie, merci beaucoup d'avoir accepté de revenir ici. Je sais à quel point cela doit être dur pour vous. Mais nous avons besoin de reconstituer les événements précisément. Vous serez nos guides aujourd'hui. Si vous avez le moindre problème, nous ferons une pause. Nous allons devoir retourner sur les lieux des meurtres de vos amis Bastien, Clara, Damien et Franck…

Les deux rescapées acquiescent, puis entrent en silence dans le manoir avec les trois autres policiers. L'un d'eux prend des notes, un autre, des photos. Élodie s'arrête devant le miroir de l'entrée, me fixant droit dans les yeux. Elle perçoit encore ma présence ! Cela me comble de joie.

– On s'est d'abord arrêtés ici, commente Alice. Puis, on est tous allés dans la bibliothèque.

Le groupe se déplace et, petit à petit, reconstitue les événements. Un moment compliqué pour les rescapées, mais très important. Jusqu'à la cave, lieu du dernier meurtre. Élodie se blottit contre Alice.

– Franck me manque…

– À moi aussi, réplique Alice dans un sanglot.

– Nous n'avons pas compris ce qui s'est passé ici, précise la commissaire. Votre ami Franck a été retrouvé mort, mais… le tueur aussi. Décapité par sa propre hache. Vous êtes sûres que Franck ne l'a pas tué avant de succomber lui-même à ses blessures ? Ou qu'il n'y avait personne d'autre dans le manoir avec vous ?

Les deux jeunes filles font non de la tête, mais je crois percevoir le regard d'Élodie qui se pose furtivement sur moi. Elle sait.

Puis tout le monde remonte dans le hall. La commissaire reprend la parole.

– Merci pour votre aide précieuse, conclut la commissaire. Vous avez été très courageuses. Laurent Pozzini est mort, et il emporte beaucoup de ses secrets. Bien entendu vos témoignages et l'enquête suffisent à le condamner pour le meurtre de vos amis, mais pas pour le quadruple homicide de la famille Dramont en 2002. Mais cela ne change rien… Vous avez eu un comportement exemplaire.

Elles acquiescent toutes les deux, puis leurs yeux se lèvent vers le plafond, vers les murs de la pièce, comme si elles me cherchaient du regard. J'en rougirais presque.

– On a eu un peu d'aide, chuchote Alice.

À ces mots, tout le monde sort du manoir. Je reste seule un instant, les yeux fermés. Puis, je sens que quelque chose m'appelle. Je sors sur le porche. Mais il n'y a rien ici. Les traces de pneus au sol sont les derniers vestiges du passage des vivants. Pourtant, je perçois comme une présence… familière. C'est là qu'ils apparaissent devant moi, dans le ciel gris d'automne, dans un halo doré éblouissant. Ma mère, mon père et mon frère.

– Il est temps que tu viennes avec nous, annoncent-ils d'une même voix.

Je leur tends la main et je disparais avec eux dans l'au-delà. Mais à quel prix ai-je payé mon repos éternel ? Moi aussi, j'ai du sang sur les mains…

FIN

Bravo, tu as tenu bon dans cet urbex mortel… Mais n'hésite pas à tenter l'aventure une nouvelle fois en faisant des choix différents ! Peut-être arriveras-tu à sauver plus de membres du groupe cette fois-ci ?

80.

21 h 15 — Dans la suite parentale

J'observe le fantôme chétif de Clara un instant, puis je me décide à lui faire ma proposition.

– Est-ce que tu voudrais revivre, Clara ?

– Quoi ? Comment c'est possible ? Bien sûr que je voudrais vivre !

– Je pense pouvoir t'aider. Je pense que je peux canaliser mon énergie de fantôme pour t'aider à regagner ton corps. Tu es morte depuis très peu de temps.

– Tu peux faire la même chose pour Bastien ?

– Non, je ne crois pas. J'ai l'impression que c'est lié à notre parenté. Il y a quelque chose qui me lie à toi et qui nous permet de vraiment nous connecter. Je ressens au plus profond de moi que je peux y arriver !

Le fantôme de Clara ne dit rien de plus et reste figé sur son corps. Je prends ça pour un oui. Alors je me concentre, de toutes mes forces, comme si tout ce temps passé à attendre, à désespérer, ces vingt ans de solitude, m'avaient menée à ce moment précis. Sauver Clara, cette nièce que je n'ai pas connue, la fille de mon meurtrier. Comme si son salut était le mien aussi, en fin de compte. Je sens toutes les voies surnaturelles du monde de la mort me parcourir. Je n'ai jamais ressenti cela avant, ces ondes, cette force qui m'anime. La chambre se remplit d'une lumière pure, presque incandescente, qui irradie tout. Je n'ai aucune idée d'où est le tueur, ni d'où sont les autres adolescents. Tout le manoir tremble autour de nous mais je continue. Lentement, le petit fantôme disparaît, ou plutôt il se réintègre dans le corps de Clara. Soudain, tout redevient noir alors que le corps de la jeune fille absorbe la lumière. Une seconde de silence et de calme pur avant la déflagration qui me projette loin du lit. Là, Clara reprend son souffle et se redresse tout d'un coup.

J'ai réussi ! J'ai du mal à le croire, pourtant c'est la vérité.

Je reste dans la suite parentale. Rendez-vous au chapitre 81.

81.

21 h 20 — Dans la suite parentale

Alors que je gis au sol, grandement affaiblie par tout ce qui vient de se passer, Clara se relève en haletant. En panique totale, la jeune fille tousse et crache du sang. Elle doit se demander comment elle a survécu, car elle touche sa poitrine, son ventre à la recherche de la blessure mortelle qui l'a tuée. Mais sur son corps, plus aucune trace de celle-ci. Les seules preuves qui lui restent sont ses habits ensanglantés et la déchirure dans son chemisier.

– Tu m'as ramenée à la vie ! s'exclame-t-elle.

– Tu peux me voir ?

– Bien sûr que oui ! Nous sommes connectées, Gwen.

Pour la première fois, un vivant me voit réellement, tout entière, et peut dialoguer avec moi. Mais je n'ai pas vraiment le temps de m'attarder sur ces belles nouvelles. Au rez-de-chaussée, j'entends des cris, de l'agitation. Je sens la mort, omniprésente.

– Je crois que les autres sont en danger… commenté-je.

– Viens, il faut descendre alors !

J'ai bien l'impression que Clara se sent invincible à présent qu'elle a été ramenée à la vie, mais je m'imagine mal le faire une deuxième fois vu mon état. Aussi, je suis la jeune fille alors qu'elle descend l'escalier le plus discrètement possible. Le rez-de-chaussée est particulièrement calme, ce qui est étrange. Clara pénètre dans la véranda et se retient de crier en découvrant le corps de Damien. Puis, dans la salle à manger, il y a Élodie. Cela me brise le cœur de voir la fillette allongée au sol, la main tendue vers l'avant, comme si elle avait cherché à fuir. Elle a reçu au moins quatre coups de hache dans le dos. Clara a les larmes aux yeux, mais continue dans la cuisine. Là, elle découvre le corps d'Alice, renversé sur le plan de travail. Clara ne peut pas retenir un petit cri en découvrant le sang autour d'elle.

Nous n'avons pas le temps de nous attarder ici, car déjà les pas du tueur se font entendre dans l'escalier qui remonte de la cave. Je sens la vie de Franck le quitter en dessous de nous. Le tueur vient de lui ôter la vie et s'apprête à nous retrouver. Clara détale à toute vitesse vers la porte d'entrée, dans le hall. Mais celle-ci est toujours solidement fermée à clé. Quand l'adolescente se retourne, elle est face à son père, une hache dans la main.

Je reste dans le hall. Rendez-vous au chapitre 82.

82.

21 h 25 — Dans le hall

Malgré sa terreur, Clara fait face à l'homme dans son habit noir, sa cagoule à la main, une hache ensanglantée dans l'autre. J'ai enfin le loisir de le détailler. Un individu plutôt grand tirant vers la cinquantaine, bien rasé, cheveux poivre et sel et calvitie naissante. Il a le nez aquilin et le regard courroucé de mon père. J'ai du mal à réaliser que ce monstre est mon frère. Dans d'autres circonstances, je l'aurais aimé. Mais il a tout fait pour que cela soit impossible.

Clara ne bouge pas, elle reste droite comme un piquet. Cette fille a plus de courage que je ne le pensais. Même si elle tremble de tout son corps, elle maintient sa posture. Le tueur, lui, est complètement déboussolé.

– Clara ? Je… Je croyais que tu… Que je t'avais…

– Non, je ne suis pas morte, papa. Et il faut que tout ça cesse. Pourquoi tu les as tués ?

Clara est au bord des larmes mais tient bon.

– Ils en savaient trop. Je suis désolé, je ne voulais pas te blesser, je voulais juste… Je croyais pouvoir protéger mon secret.

– Ton secret, tu veux dire… le fait que tu as tué la famille Dramont il y a vingt ans ? Que tu as tué ton propre père et toute sa famille ?

Laurent Pozzini reste interdit en découvrant que sa fille sait tout, dans les détails. Je vois que sa prise se resserre sur sa hache. Cela ne me dit rien qui vaille. Clara l'a remarqué aussi.

– Tu vas me tuer aussi, c'est ça ? Une seconde fois ?

L'homme éclate en sanglots, ce qui me surprend.

– Pourquoi a-t-il fallu que tu voles les clés du manoir… murmure-t-il.

– On voulait juste… s'amuser un peu ! Se faire peur ! Et tu nous as tous massacrés !

Cette fois-ci, c'est Clara qui éclate en sanglots. Son père brandit sa hache au-dessus de sa tête, et je ne peux rien faire, je suis bien trop faible. Mais alors que je crois qu'il va trucider sa fille, il jette l'arme au sol. Sans prononcer un mot de plus, il se détourne et court vers le fond du manoir, puis s'enfuit par la porte ouverte de la cave. Clara se laisse tomber au sol, soudain chancelante. Elle est la seule survivante de cette terrible nuit…

Rendez-vous au chapitre 83 pour connaître la fin de l'histoire.

83.

Quelques jours plus tard

J'ai passé les jours qui ont suivi cette macabre soirée à me poser un grand nombre de questions. Pourquoi ai-je vécu tout ça, dans ma vie et après ma mort ? Pourquoi une personne a-t-elle survécu et pas les autres ? Pourquoi le monde dans lequel nous vivons est-il aussi injuste ? Et surtout, pourquoi suis-je encore là ? Je croyais être restée sur Terre, être devenue un fantôme parce que ma mission ici n'était pas terminée. Je croyais devoir résoudre le massacre sauvage de ma famille, je croyais devoir nous venger, je pensais qu'il suffirait de faire tout cela pour partir, enfin. Les rejoindre dans l'au-delà. Mais rien de tout cela n'est arrivé. Et je ne comprends pas pourquoi.

Ce matin, je ne sais plus depuis combien de temps Clara est partie du manoir. La police est venue dans la nuit, sans doute alertée par elle. Une troupe d'hommes en uniformes, en combinaison blanches, avec des masques et des lunettes de protection. Un ballet d'ambulances et de voitures de police dans la cour du manoir. Je n'avais jamais vu cela depuis… depuis ma propre mort, quand nos corps ont été découverts. Là, ils ont emporté les dépouilles des adolescents. Ils ont analysé minutieusement chaque détail, pris des photos, ils ont prélevé des indices, des empreintes, des armes du crime. Puis ils ont tout nettoyé, ça a demandé une journée entière. Et ils sont repartis. Depuis, je suis seule de nouveau, avec mes questions.

Alors que je rumine, deux voitures de police se garent dans la cour du manoir. Je me précipite à la porte d'entrée, barrée d'adhésifs jaunes interdisant l'accès, scellée à la cire par un document de « scène de crime ». Bien entendu, des badauds se sont pressés devant les grilles depuis cette nuit-là, mais aucun n'a pu pénétrer à l'intérieur. Là, les deux voitures de police sont très officielles, et je sens l'excitation monter en moi quand Clara en descend. Elle va bien ! Pour la première fois, je la vois au soleil, en pleine journée. Ses traits tirés, sa tenue simple et sombre tranchent avec l'image que j'ai d'elle à son arrivée ce soir-là, insouciante.

Une femme en uniforme d'une cinquantaine d'années, les cheveux poivre et sel tirés en chignon, s'avance jusqu'à la porte d'entrée et prend la parole. Je lis sur la plaque qu'elle porte sur la poitrine « Commissaire Benton ».

– Bien, nous allons pouvoir commencer. Clara, merci beaucoup d'avoir accepté de revenir ici. Je sais à quel point cela doit être dur pour toi. Mais nous avons besoin de reconstituer les événements précisément. Tu seras notre guide aujourd'hui. Si tu as le moindre problème, nous ferons une pause. Nous allons devoir retourner sur les lieux des meurtres de tes amis Bastien, Élodie, Damien, Alice et Franck…

Clara acquiesce, puis entre en silence dans le manoir avec les trois autres policiers. L'un d'eux prend des notes, un autre, des photos. Clara s'arrête devant le miroir de l'entrée, me fixant droit dans les yeux. Elle perçoit encore ma présence ! Cela me comble de joie.

– On s'est d'abord arrêtés ici. Puis, on est tous allés dans la bibliothèque.

Le groupe se déplace, et petit à petit, reconstitue les événements. Une fois dans le salon, ils parlent de Bastien. Je sens un fort poids sur les épaules de Clara. Les policiers s'écartent, laissant la rescapée se recueillir quelques instants.

– C'était son idée, précise-t-elle. C'est lui qui a voulu venir ici… Mais c'était pour rigoler, jamais on n'aurait pensé que…

La commissaire acquiesce, et Clara semble soulagée. Elle continue la reconstitution, révélant tous les secrets de ma famille au passage. Mais elle est incapable d'aider qui que ce soit concernant la mort des autres adolescents. Elle n'était pas présente et moi non plus. Une fois à l'étage dans la chambre de mes parents, elle s'invente un alibi pour ne pas avoir à parler de sa résurrection et du fantôme qui hante le manoir. Elle a bien raison, car je doute que les policiers terre à terre face à elle y croient une seule seconde.

– C'est là que mon père m'a frappée et que j'ai perdu connaissance. Quand j'ai repris mes esprits, tout le monde était mort et lui s'était enfui.

La commissaire acquiesce. Après cela, la reconstitution continue, puis tout le monde descend dans le hall. La commissaire reprend la parole.

– Merci pour ton aide précieuse. Tu as été très courageuse. Comme tu le sais, Laurent Pozzini s'est enfui, et il a emporté beaucoup de ses secrets. Nous continuons de le traquer, espérons qu'il sera un jour attrapé. Mais bravo à toi de t'en être sortie…

Elle acquiesce, puis son regard se lève vers le plafond, vers les murs de la pièce, comme si elle me cherchait du regard. J'en rougirais presque.

– J'ai eu un peu d'aide, chuchote-t-elle.

À ces mots, tout le monde sort du manoir. Je reste seule un instant, les yeux fermés. Autour de moi, c'est le vide, et la solitude de nouveau. J'ai la ferme conviction que, tant que le meurtrier de ma famille ne sera pas jugé ou mort, je ne pourrai jamais les rejoindre dans l'au-delà. Ça, c'est ma punition pour ne pas avoir su défendre les adolescents. J'ai sauvé Clara, mais j'ai laissé mourir tous les autres, comme j'ai laissé mourir mon petit frère à l'époque. Et cela restera le drame de ma vie et de mon après-mort…

FIN

Bravo, tu as tenu bon dans cet urbex mortel… Mais n'hésite pas à tenter l'aventure une nouvelle fois en faisant des choix différents ! Peut-être arriveras-tu à sauver plus de membres du groupe cette fois-ci ?

84.

21 h 20 — Dans la cuisine

Je m'approche du tueur alors que les trois adolescents s'écartent. De moi, ils n'aperçoivent qu'une lueur, mais le meurtrier, lui, a bien compris que je ne plaisantais pas. Il sait que ce qui l'attend sera désagréable. Peut-être n'a-t-il jamais cru au surnaturel, peut-être qu'il a plus peur de moi que je n'ai peur de lui ? Toujours est-il que, lorsque je plaque mes doigts sur son visage blafard, il se met à me supplier.

– Non ! Pitié, non ! Ne me faites pas de mal !

J'enfonce mes doigts dans ses tempes, lui arrachant un cri de douleur. Je plaque mon visage contre le sien, aspirant son âme dans la mienne. Moi qui avais si peur de me retrouver proche de lui, me voilà à présent en lui.

Je le vois sur le perron du manoir, emmitouflé dans un anorak luisant de pluie. Il fait sombre dehors, mais pas encore tout à fait nuit. Quelque chose cloche. Il ne porte pas sa cagoule, et surtout, il a l'air beaucoup plus jeune.

C'est ainsi que je comprends toute la vérité. Il me faut quelques secondes de plus pour l'assimiler, alors que le jeune Laurent Pozzini frappe à la porte du manoir. C'est ma mère qui lui ouvre. Il lui offre son plus beau sourire.

– Je peux vous aider, jeune homme ? Vous vous êtes perdu ?

– Bonsoir madame. Non, pas du tout. Je suis… je travaille avec votre mari. Il a oublié un dossier au bureau, je suis venu le lui rapporter.

– Oh, c'est très aimable à vous. Je vous en prie, entrez !

C'est ainsi que Laurent Pozzini est entré dans notre maison ce soir d'octobre 2002. Très vite, alors que ma mère lui tourne le dos, il ferme le verrou de la porte. Elle se retourne, et c'est là qu'il sort sa hache. Elle hurle, recule vers la véranda et il lui assène un premier coup directement dans la poitrine. À cet instant, mon père apparaît derrière lui.

– Chérie ! Qu'est-ce que…

Quand Laurent se retourne vers lui, sa hache à la main, il faut une seconde à mon père pour comprendre.

– Laurent… murmure-t-il en reculant dans son bureau. Laurent, qu'est-ce que tu fais ?

Mais le jeune homme ne faiblit pas. Il abat son arme sur mon père qui s'écroule dans la bibliothèque. Deux, trois, quatre, cinq coups de hache dans son torse, puis dans son dos. Le meurtrier se relève, impassible.

– Je t'avais dit que tu payerais pour nous avoir abandonnés, maman et moi. Je te l'avais dit. Maintenant je vais massacrer toute ta famille et ensuite je prendrai le contrôle de cette ville que tu aimes tant.

Mon père rend son dernier souffle avec une lueur de panique dans le regard. Puis, Laurent se rend dans l'escalier, où ma mère se traîne, tentant de lui échapper.

Le souvenir s'arrête là. Je ne sais que trop bien ce qui va se passer ensuite. J'ai vu les corps, j'ai reconstitué trop d'éléments ce soir pour ne pas comprendre. Ainsi, le fils caché et oublié de mon père nous a tous tués. Et ce soir, il est venu assassiner la bande de gamins qui allaient le démasquer…

J'ai du mal à contenir ma rage envers lui. Je pourrais le tuer ici et maintenant, tout simplement ! Cela résoudrait tant de problèmes ! Mais suis-je réellement une tueuse, moi aussi ?

Je décide de tuer le meurtrier ? Rendez-vous au chapitre 85.

Je décide d'épargner le tueur ? Rendez-vous au chapitre 86.

85.

21 h 25 — Dans la cuisine

Je n'arrive pas à me contenir, cet homme doit mourir ! J'ai attendu cela pendant vingt ans, et c'est à présent à ma portée.

Sans que je puisse m'en empêcher, ma colère se déverse sur lui. Je voudrais qu'il crève sous mes doigts, là, tout de suite ! Une onde de choc se crée, qui me projette dans la pièce. Tout vole en éclats. Même la porte de la salle à manger.

Après ça, je reprends difficilement mes esprits. Ma vue est trouble, je n'y vois plus grand-chose. Alors, je m'avance dans la cuisine. Mais j'ai peur que le souffle de cette explosion surnaturelle ait blessé les adolescents. Très vite, j'entends Élodie gémir et je me tourne vers elle. La jeune adolescente a été projetée au sol et un éclat de verre l'a blessée. Alice, qui est indemne, se précipite sur elle et déchire un bout de son tee-shirt pour entourer la plaie.

– Ça va aller Élodie, ne t'inquiète pas. C'est fini à présent.

Je suis soulagée de savoir que la jeune adolescente n'a rien de grave. Mon regard se tourne vers le tueur, dont la tête pend en avant. Je l'ai tué. Il n'y a plus un souffle de vie en lui. Je regarde son âme le quitter, rejoindre les cieux. Quoi qu'il y ait dans l'au-delà, j'espère qu'il s'agit d'une éternité de souffrance pour lui.

– Franck !

Le cri d'Alice m'arrache à ma contemplation. Elle se précipite vers le jeune homme, qui gît au sol, inconscient. Quand elle passe la main derrière sa tête, elle en ressort couverte de sang. Elle prend son pouls, le secoue, mais il n'y a rien. Plus de réaction. Et pour cause, Franck aussi est mort. Je vois son âme, bien plus légère que celle de Laurent Pozzini, s'envoler au-dessus de nous. La jeune fille s'effondre en pleurs sur lui, avant de se relever, folle de rage.

– Tu l'as tué ! C'est ta faute !

Clairement, son invective m'est adressée. Et j'ai tellement honte… Franck est mort par ma faute, elle a raison.

Pendant ce temps, la jeune Élodie prend son courage à deux mains et fouille les poches du tueur. Elle découvre le trousseau de clés du manoir. Avec, un téléphone portable qu'elle brandit sous le nez d'Alice. Apparemment, le tueur a enregistré les réactions des adolescents quand ils ont découvert le corps de Bastien, grâce à la fonction magnétophone de son téléphone. Il s'est ensuite servi de ce son pour attirer Clara, qui a cru que ses amis étaient en danger et s'est précipitée dans la chambre où il l'a tuée. Élodie, le plus doucement du monde, tend les clés à Alice, qui les contemple un instant.

– Je ne le laisserai pas ici… murmure l'adolescente endeuillée. Je ne l'abandonnerai pas…

L'adolescente prend doucement la main de la jeune femme, l'obligeant à sortir de la cuisine pour rejoindre le hall d'entrée.

Je rejoins le hall. Rendez-vous au chapitre 87.

86.

21 h 25 — Dans la cuisine

Malgré mon envie de voir cet homme mourir sous mes mains, je contiens mes pulsions. En dépit des souvenirs que je viens de voir et des preuves apportées de sa culpabilité, malgré les meurtres de ce soir, je ne peux pas me résoudre à ôter la vie d'un homme. C'est trop dur, trop loin de moi. Alors je m'éloigne de lui, mais je parviens tout de même à transmettre les souvenirs à Élodie, Alice et Franck. Tous sont choqués.

– Alors il a tué la famille Dramont… commente Franck. Il est responsable de tout ça, il ne voulait pas qu'on sache. Il voulait nous tuer pour préserver son secret.

Les autres acquiescent, choquées de ce qu'elles viennent de vivre. Alice s'approche du tueur, qui a la tête baissée et sanglote comme un enfant pris en train de voler au supermarché. Elle fouille ses poches et découvre le trousseau de clés du manoir. Avec, un portable qu'elle brandit sous le nez de Franck. Apparemment, le tueur a enregistré les réactions des adolescents quand ils ont découvert le corps de Bastien, grâce à la fonction magnétophone de son téléphone. Il s'est ensuite servi de ce son pour attirer Clara, qui a cru que ses amis étaient en danger et s'est précipitée dans la chambre, où il l'a tuée.

Franck comprend ce qui s'est passé, comme les autres, mais à présent ce sont les clés du manoir qu'Alice tient dans son autre main qui attirent son attention.

– On est libres, ça y est, déclare-t-elle. Ce cauchemar est fini.

Élodie lui attrape la main de soulagement. Franck relève le tueur sur ses pieds, desserrant juste assez ses liens pour qu'il puisse avancer. Ensemble, ils se dirigent vers le hall d'entrée.

Je me rends dans le hall d'entrée. Rendez-vous au chapitre 89.

87.

21 h 30 — Dans le hall

Les deux adolescentes s'enfuient dans la maison. Pourtant, le tueur est mort et elles ne craignent plus rien. Arrivée dans le hall d'entrée, Alice se précipite sur la porte en tremblant, faisant tomber les clés par terre. Élodie la presse.

– Vite, Alice ! Il faut partir, avant de finir comme tous les autres…

– Elle est encore là ? Elle nous a suivies ?

C'est à cet instant que je comprends que les filles n'ont pas peur du tueur, elles ont peur de moi. Je crois que c'est la pire chose qui pouvait m'arriver. J'essaye de leur signifier que je ne leur veux aucun mal, que c'était un accident, mais le moindre de mes mouvements les fait hurler. Alors, je recule, tandis qu'Alice réussit enfin à déverrouiller la serrure. Elles s'échappent dans la nuit, courant le plus loin possible du manoir. Moi, au contraire, je me sens plus que jamais prisonnière, et honteuse pour l'éternité…

Rendez-vous au chapitre 88 pour connaître la fin de l'histoire.

88.

Quelques jours plus tard

J'ai passé les jours qui ont suivi cette macabre soirée à me poser un grand nombre de questions. Pourquoi ai-je vécu tout ça, dans ma vie et après ma mort ? Pourquoi certains ont survécu à cette soirée et d'autres, non ? Pourquoi le monde dans lequel nous vivons est-il aussi injuste ? Et surtout, pourquoi suis-je encore là ? Je croyais être restée sur Terre, être devenue un fantôme parce que ma mission ici n'était pas terminée. Je croyais devoir résoudre le massacre sauvage de ma famille, je croyais devoir nous venger, je pensais qu'il suffirait de faire tout cela pour partir, enfin. Les rejoindre dans l'au-delà. Mais rien de tout cela n'est arrivé. Et je ne comprends pas pourquoi.

Ce matin, je ne sais plus depuis combien de temps les adolescentes sont parties du manoir. La police est arrivée à peine une heure après leur départ, sans doute alertée par les survivantes. Une troupe d'hommes en uniformes, en combinaison blanches, avec des masques et des lunettes de protection sont arrivés. Un ballet d'ambulances et de voitures de police dans la cour du manoir. Je n'avais jamais vu cela depuis… depuis ma propre mort, quand nos corps ont été découverts. Ils ont pris les dépouilles des adolescents morts… certains par ma faute. Celle du tueur aussi, toujours ligoté au même endroit. Ils ont analysé minutieusement chaque détail, pris des photos, ils ont prélevé des indices, des empreintes, des armes du crime. Puis ils ont tout nettoyé, ça a demandé une journée entière. Et ils sont repartis. Depuis, je suis seule de nouveau, avec mes questions.

Alors que je rumine, deux voitures de police viennent de se garer dans la cour du manoir. Je me précipite à la porte d'entrée, barrée de bandes adhésives jaunes interdisant l'accès, scellée à la cire par un document de « scène de crime ». Bien entendu, des badauds se sont pressés devant les grilles depuis cette nuit-là, mais aucun n'a pu pénétrer à l'intérieur. Là, les deux voitures de police sont très officielles, et je sens l'excitation monter en moi quand Alice et Élodie en sortent. Elles vont bien ! Pour la première fois, je les vois au soleil, en pleine journée. Leurs traits tirés, leurs tenues simples et sombres tranchent avec l'image que j'ai d'elles à leur arrivée ce soir-là, insouciantes.

Alice tient Élodie par les épaules. Dans la douleur, cette jeune femme a trouvé comment se rendre utile, comment aider la sœur de son ami. Elle a aussi perdu le garçon qu'elle aimait. Quand je les vois toutes les deux, je me rends compte qu'elles sont devenues une véritable équipe. Mais sur leur visage, je lis la peur, la même que ce soir-là, quand elles ont quitté la maison.

Une femme en uniforme d'une cinquantaine d'années, les cheveux poivre et sel tirés en chignon, s'avance jusqu'à la porte d'entrée et prend la parole. La plaque qu'elle porte sur la poitrine indique « Commissaire Benton ».

– Bien, nous allons pouvoir commencer. Alice et Élodie, merci beaucoup d'avoir accepté de revenir ici. Je sais à quel point cela doit être dur pour vous. Mais nous avons besoin de reconstituer les événements précisément. Vous serez nos guides aujourd'hui. Si vous avez le moindre problème, nous ferons une pause. Nous allons devoir retourner sur les lieux des meurtres de vos amis Bastien, Clara, Damien et Franck…

Les deux rescapées acquiescent, puis entrent en silence dans le manoir avec les trois autres policiers. L'un d'eux prend des notes, un autre, des photos. Élodie s'arrête devant le miroir de l'entrée, me fixant droit dans les yeux. Elle perçoit encore ma présence ! Je crois que cela va me donner de la joie, mais son visage s'assombrit. Elle m'en veut encore, c'est certain.

– On s'est d'abord arrêtés ici, commente Alice. Puis, on est tous allés dans la bibliothèque.

Le groupe se déplace et, petit à petit, reconstitue les événements. Un moment compliqué pour les rescapés, mais très important. Jusqu'à la cuisine, lieu des derniers meurtres, perpétrés par moi. Élodie se blottit contre Alice.

– Franck me manque…

– À moi aussi, réplique Alice dans un sanglot.

Je me sens prise à la gorge par ma propre culpabilité. Les deux jeunes filles mentent, expliquent que le tueur a repoussé Franck violemment avec ses pieds, que le jeune homme est tombé et s'est cogné la tête. Elles noient le poisson. Tout est bon pour éviter de dire la vérité sur l'âme vagabonde qui hante ces lieux, pourtant Alice est intérieurement terrorisée par moi, je le ressens d'ici.

Puis tout le monde retourne dans le hall. La commissaire reprend la parole.

– Merci pour votre aide précieuse. Vous avez été très courageuses. Laurent Pozzini est mort et a emporté presque tous ses secrets. Nous ne saurons probablement jamais pourquoi il a tenté de vous tuer. Et nous ne savons pas s'il est coupable du quadruple homicide de la famille Dramont en 2002. Mais cela ne change rien… Vous avez eu un comportement exemplaire.

Elles acquiescent toutes les deux, puis leurs regards se lèvent vers le plafond.

– Sortons d'ici à présent, chuchote Alice. Je vous en prie.

À ces mots, tout le monde sort du manoir. Je reste seule un instant, les yeux fermés. Autour de moi, c'est le vide, et la solitude de nouveau. Je ne sais pas si je passerai un jour dans l'au-delà, mais je crois bien qu'avoir tué

Franck m'en empêche. Tant que je ne pourrai pas me le pardonner, je resterai, fantôme, à hanter ce manoir. Pourtant je croyais avoir réussi à venger ma famille. Mais un crime n'en efface pas un autre…

FIN

Bravo, tu as tenu bon dans cet urbex mortel… Mais n'hésite pas à tenter l'aventure une nouvelle fois en faisant des choix différents ! Peut-être arriveras-tu à sauver plus de membres du groupe cette fois-ci ?

89.

21 h 30 — Dans le hall

Une fois dans le hall, Alice parvient aisément à ouvrir la porte d'entrée et pousse un petit cri de joie. Elle tombe dans les bras de Franck, qui semble tout aussi soulagé qu'elle. Élodie elle, me cherche du regard dans la pièce. Je me manifeste dans le miroir un bref instant.

– Merci, Gwendoline, pour ton aide, déclare-t-elle. Tu as tenté de nous protéger, nous en sommes reconnaissants.

Les deux autres acquiescent et franchissent la porte avec le tueur entre eux.

– Attendez ! lance celui-ci.

Franck et Alice s'arrêtent, interloqués.

– Gwendoline est là, c'est ça ? demande Laurent Pozzini. Elle peut m'entendre ?

C'est Élodie qui lui confirme ma présence, et le meurtrier se tourne vers le miroir.

– Je suis désolé ! Je n'aurais pas dû vous tuer, toi et ton frère... Mais j'étais jaloux... Jaloux de votre enfance heureuse !

Je voudrais lui répondre, mais à quoi bon ? Il ne m'entendra pas. Pourtant, cette enfance heureuse, il nous l'a arrachée. Et pour cela, je ne suis pas sûre de pouvoir lui pardonner. Franck et Alice le pressent de partir et tous les quatre franchissent les portes du manoir, me laissant à nouveau seule dans la nuit.

Rendez-vous au chapitre 90 pour connaître la fin de l'histoire.

90.

Quelques jours plus tard

J'ai passé les jours qui ont suivi cette macabre soirée à me poser un grand nombre de questions. Pourquoi ai-je vécu tout ça, dans ma vie et après ma mort ? Pourquoi certains ont survécu à cette soirée et d'autres, non ? Pourquoi le monde dans lequel nous vivons est-il aussi injuste ? Et surtout, pourquoi suis-je encore là ? Je croyais être restée sur Terre, être devenue un fantôme parce que ma mission ici n'était pas terminée. Je croyais devoir résoudre le massacre sauvage de ma famille, je croyais devoir nous venger, je pensais qu'il suffirait de faire tout cela pour partir, enfin. Les rejoindre dans l'au-delà. Mais rien de tout cela n'est arrivé. Et je ne comprends pas pourquoi.

Ce matin, je ne sais plus depuis combien de temps les adolescents sont partis du manoir. La police est venue dans la nuit, sans doute alertée par les survivants. Une troupe d'hommes en uniformes, en combinaisons blanches, avec des masques et des lunettes de protection. Un ballet d'ambulances et de voitures de police dans la cour du manoir. Je n'avais jamais vu cela depuis… depuis ma propre mort, quand nos corps ont été découverts. Là, ils ont emporté les dépouilles des adolescents. Ils ont analysé minutieusement chaque détail, pris des photos, ils ont prélevé des indices, des empreintes, des armes du crime. Puis ils ont tout nettoyé, ça a demandé une journée entière. Et ils sont repartis. Depuis, je suis seule de nouveau, avec mes questions.

Alors que je rumine, deux voitures de police viennent de se garer dans la cour du manoir. Je me précipite à la porte d'entrée, barrée de scotch jaunes interdisant l'accès, scellée à la cire par un document de « scène de crime ». Bien entendu, des badauds se sont pressés devant les grilles depuis cette nuit-là, mais aucun n'a pu pénétrer à l'intérieur. Là, les deux voitures de police sont très officielles et je sens l'excitation monter en moi quand Alice, Élodie et Franck en sortent. Ils vont bien ! Pour la première fois, je les vois au soleil, en pleine journée. Leurs traits tirés, leurs tenues simples et sombres tranchent avec l'image que j'ai d'eux à leur arrivée ce soir-là, insouciants.

Je remarque très vite que Franck et Alice se tiennent la main. Cela me réchauffe le cœur de savoir que, malgré tout ce qu'ils viennent de vivre, cette expérience les a rapprochés et leur a permis de s'avouer enfin leurs sentiments. Mais ils restent très protecteurs envers Élodie.

Quand je les vois tous les trois, je me rends compte qu'ils sont devenus une véritable équipe.

Une femme en uniforme d'une cinquantaine d'années, les cheveux poivre et sel tirés en chignon, s'avance jusqu'à la porte d'entrée et prend la parole. La plaque qu'elle porte sur la poitrine indique « Commissaire Benton ».

– Bien, nous allons pouvoir commencer. Alice, Franck et Élodie, merci beaucoup d'avoir accepté de revenir ici. Je sais à quel point cela doit être dur pour vous. Mais nous avons besoin de reconstituer les événements précisément. Vous serez nos guides aujourd'hui. Si vous avez le moindre problème, nous ferons une pause.

Les trois adolescents acquiescent, puis entrent en silence dans le manoir avec les trois autres policiers. L'un d'eux prend des notes, un autre, des photos. Élodie s'arrête devant le miroir de l'entrée, me fixant droit dans les yeux. Elle perçoit encore ma présence ! Cela me comble de joie.

– On s'est d'abord arrêtés ici, commente Franck. Puis, on est tous allés dans la bibliothèque.

Le groupe se déplace et, petit à petit, reconstitue les événements. Un moment compliqué pour les rescapés, mais très important. Puis tout le monde descend dans le hall. La commissaire reprend la parole.

– Merci pour votre aide précieuse. Vous avez été très courageux. Grâce à vous, le tueur, Laurent Pozzini, a été incarcéré. Il sera bientôt jugé pour le meurtre de vos amis et pour le quadruple homicide de la famille Dramont en 2002. Vous avez eu un comportement exemplaire.

Ils acquiescent tous, puis leurs yeux se lèvent vers le plafond, vers les murs de la pièce, comme s'ils me cherchaient du regard. J'en rougirais presque.

– On a eu un peu d'aide, chuchote Alice.

À ces mots, tout le monde sort du manoir. Je reste seule un instant, les yeux fermés. Puis, je sens que quelque chose m'appelle. Je sors sur le porche. Mais il n'y a rien ici. Les traces de pneus au sol sont les derniers vestiges du passage des vivants. Pourtant, je perçois comme une présence… familière. C'est là qu'ils apparaissent devant moi, dans le ciel gris d'automne, dans un halo doré éblouissant. Ma mère, mon père et mon frère.

– Il est temps que tu viennes avec nous, annoncent-ils d'une même voix.

Je leur tends la main et je disparais avec eux dans l'au-delà. J'ai bien mérité le repos éternel, moi aussi.

FIN

Bravo, tu as tenu bon dans cet urbex mortel… Mais n'hésite pas à tenter l'aventure une nouvelle fois en faisant des choix différents ! Peut-être arriveras-tu à sauver plus de membres du groupe cette fois-ci ?

91.

21 h 20 — Dans la salle à manger

Mais quand j'arrive dans la salle à manger, l'ambiance n'est pas du tout ce à quoi je m'attendais. Alice et Franck sont accroupis près d'Élodie, le visage grave. C'est là que je m'aperçois que quelque chose ne va pas. Je ne ressens plus le cœur d'Élodie battre dans cette pièce. Je me précipite sur elle pour la découvrir blême. Une mare de sang entoure son corps. Un éclat de verre gros comme un poing est venu se jucher dans son cou, tranchant sa carotide, et elle s'est vidée de son sang. Son âme est encore dans les parages, mais je la vois monter vers le plafond. Je tends le bras vers elle, désespérée. Peut-être que je peux encore la sauver, la faire revenir dans le monde des vivants ? Je suis sûre que j'en suis capable ! Pourtant je me sens faible, j'ai donné trop d'énergie dans les minutes qui viennent de s'écouler… Une raie lumineuse s'échappe tout de même de mon corps et les deux survivants l'aperçoivent.

– Gwendoline est avec nous, commente Franck.

– Nous n'avons pas pu la sauver, c'était trop tard, m'explique Alice. L'explosion dans la cuisine a causé sa mort.

Est-ce qu'ils savent que j'en suis responsable ? Je n'en suis pas sûre. Je me sens si mal, si coupable. Comme avec mon frère, je n'ai pas su la protéger. Mais Franck se tourne vers la cuisine et s'aperçoit que le tueur a changé de place. Il se précipite dans la pièce et l'attache solidement, terminant mon travail. Puis il lui fouille les poches, s'empare des clés du manoir, et finit par revenir avec l'homme qu'il tient fermement par le bras. Alice, elle, est toujours accroupie face à Élodie, comme si la jeune fille allait soudain se relever. Franck lui laisse une minute de répit, avant de prendre la parole.

– Viens, Alice. Rentrons, à présent.

La jeune fille se relève sur ses deux pieds, ses habits tachés de sang, et marche jusqu'à lui.

Je me rends dans le hall d'entrée. Rendez-vous au chapitre 92.

92.

21 h 30 — Dans le hall

L'ambiance est macabre alors qu'Alice et Franck se traînent jusqu'au hall d'entrée. Le tueur n'a pas dit un mot, il se sait coincé. Il n'y a aucun moyen qu'il s'échappe. Je l'observe alors qu'ils avancent sur le parquet du manoir. L'homme ressemble à mon père, c'est indéniable. Il a son nez aquilin, ses cheveux bruns épais, son regard courroucé. Dire qu'il s'agit de mon grand frère. Dire que cet homme aurait pu faire partie de ma famille. Au lieu de ça, il a décidé de tous nous assassiner sauvagement, de briser mon enfance et celle de Jules. Et ce soir, il a encore mis fin à la vie d'adolescents. Tout ça pour quel résultat ? En a-t-il seulement tiré une simple joie depuis vingt ans ? Ce soir, il a tué sa propre fille. Je peux lire dans son esprit qu'il ne l'a pas voulu, qu'il n'a pas fait exprès, mais… C'est arrivé quand même. Est-ce qu'il éprouve le moindre remords ?

Alice et Franck s'arrêtent devant la porte d'entrée, et le jeune homme l'ouvre enfin. Je ressens leur soulagement d'ici, malgré leur immense peine et la culpabilité. Celle des survivants. Pourquoi moi et pas les autres ? Je comprends ce sentiment… Alice lance un dernier regard en arrière, je crois qu'elle cherche ma présence. Elle me sourit timidement. Mais moi, je n'ai pas envie de sourire. J'ai tué Élodie, alors que je voulais la protéger. Et cela, je m'en voudrai pour l'éternité…

Rendez-vous au chapitre 93 pour connaître la fin de l'histoire.

93.

Quelques jours plus tard

J'ai passé les jours qui ont suivi cette macabre soirée à me poser un grand nombre de questions. Pourquoi ai-je vécu tout ça, dans ma vie et après ma mort ? Pourquoi certains ont survécu à cette soirée et d'autres, non ? Pourquoi le monde dans lequel nous vivons est-il aussi injuste ? Et surtout, pourquoi suis-je encore là ? Je croyais être restée sur Terre, être devenue un fantôme, parce que ma mission ici n'était pas terminée. Je croyais devoir résoudre le massacre sauvage de ma famille, je croyais devoir nous venger, je pensais qu'il suffirait de faire tout cela pour partir, enfin. Les rejoindre dans l'au-delà. Mais rien de tout cela n'est arrivé. Et je ne comprends pas pourquoi.

Ce matin, je ne sais plus depuis combien de temps les adolescents sont partis du manoir. La police est venue dans la nuit, sans doute alertée par les survivants. Une troupe d'hommes en uniformes, en combinaisons blanches, avec des masques et des lunettes de protection. Un ballet d'ambulances et de voitures de police dans la cour du manoir. Je n'avais jamais vu cela depuis… depuis ma propre mort, quand on a découvert nos corps. Là, ils ont emporté les dépouilles des adolescents. Ils ont analysé minutieusement chaque détail, pris des photos, ils ont prélevé des indices, des empreintes, les armes du crime. Puis ils ont tout nettoyé, ça a demandé une journée entière. Et ils sont repartis. Depuis, je suis seule de nouveau avec mes questions.

Alors que je rumine, deux voitures de police viennent de se garer dans la cour du manoir. Je me précipite à la porte d'entrée, barrée d'adhésifs jaunes interdisant l'accès, scellée à la cire par un document de « scène de crime ». Bien entendu, des badauds se sont pressés devant les grilles depuis cette nuit-là, mais aucun n'a pu pénétrer à l'intérieur. Là, les deux voitures de police sont très officielles, et je sens l'excitation monter en moi quand Alice et Franck en sortent. Ils vont bien ! Pour la première fois, je les vois au soleil, en pleine journée. Leurs traits tirés, leurs tenues simples et sombres tranchent avec l'image que j'ai d'eux à leur arrivée ce soir-là, insouciants.

Je remarque très vite que Franck et Alice se tiennent la main. Cela me réchauffe le cœur de savoir que, malgré tout ce qu'ils viennent de vivre, cette expérience les a rapprochés et leur a permis de s'avouer enfin leurs sentiments. Je me rends compte qu'ils sont devenus une véritable équipe. Unis dans l'adversité plus que jamais.

Une femme d'une cinquantaine d'années en uniforme, les cheveux poivre et sel tirés en chignon, s'avance jusqu'à la porte d'entrée et prend la parole. La plaque qu'elle porte sur la poitrine indique « Commissaire Benton ».

– Bien, nous allons pouvoir commencer. Alice et Franck, merci beaucoup d'avoir accepté de revenir ici. Je sais à quel point cela doit être dur pour vous. Mais nous avons besoin de reconstituer les événements précisément. Vous serez nos guides aujourd'hui. Si vous avez le moindre problème, nous ferons une pause.

Les deux adolescents acquiescent, puis entrent en silence dans le manoir avec les trois autres policiers. L'un d'eux prend des notes, un autre, des photos. Alice s'arrête devant le miroir de l'entrée, me fixant droit dans les yeux. Elle perçoit encore ma présence ! Bizarrement, j'en ai honte. Est-ce que ce geste de sa part signifie qu'elle me pardonne, pour Élodie ?

– On s'est d'abord arrêtés ici, commente Franck. Puis, on est tous allés dans la bibliothèque.

Le groupe se déplace et, petit à petit, reconstitue les événements. Puis tout le monde redescend dans le hall et passe par la véranda, là où Damien est mort.

– Il s'est sacrifié pour sauver Élodie, précise Alice.

Les policiers acquiescent, rejoignent la salle à manger. Le moment que je redoutais le plus arrive.

– Sa mort était un accident, explique Franck. Nous avions attaché le meurtrier dans la cuisine, et il y a eu cette déflagration. Élodie a été blessée, et...

– Nous pensons à une fuite de gaz, précise la commissaire.

Franck et Alice acquiescent, même s'ils savent comme moi la vérité à ce sujet. Mais ils ne peuvent rien dire face à ces trois policiers. Mieux vaut mentir. Cela ne changera rien à la mort d'Élodie… Finalement, le groupe rejoint le hall d'entrée.

– Merci pour votre aide précieuse, conclut la commissaire. Vous avez été très courageux. Grâce à vous, le tueur, Laurent Pozzini, a été incarcéré. Il a tout avoué. Il sera bientôt jugé pour le meurtre de vos amis et pour le quadruple homicide de la famille Dramont en 2002. Vous avez eu un comportement exemplaire.

Ils acquiescent, puis leurs yeux se lèvent vers le plafond, vers les murs de la pièce, comme s'ils me cherchaient du regard. J'en rougirais presque.

– On a eu un peu d'aide, chuchote Alice.

À ces mots, tout le monde sort du manoir. Les voitures redémarrent et quittent la propriété. Je reste seule un instant, les yeux fermés. Puis, je sens que quelque chose m'appelle. Je sors sur le porche. Mais il n'y a rien ici. Les traces de pneus au sol sont les derniers vestiges du passage des vivants. Pourtant, je perçois comme une présence… familière.

C'est là qu'ils apparaissent devant moi, dans le ciel gris d'automne, dans un halo doré éblouissant. Ma mère, mon père et mon frère.

– Il est temps que tu viennes avec nous, annoncent-ils d'une même voix.

Je leur tends la main et je disparais avec eux dans l'au-delà. Je ne sais pas si j'ai mérité le repos éternel. Le voici qui s'offre malgré tout à moi…

FIN

Bravo, tu as tenu bon dans cet urbex mortel… Mais n'hésite pas à tenter l'aventure une nouvelle fois en faisant des choix différents ! Peut-être arriveras-tu à sauver plus de membres du groupe cette fois-ci ?

94.

21 h 20 — Dans la salle à manger

La mort dans l'âme, je garde la main enfoncée dans le cou d'Élodie. Le tueur se jette sur Franck qui se débat un moment, tentant de l'atteindre avec sa batte de base-ball. Mais le meurtrier le fait tomber à terre et le poignarde une première fois dans le mollet. Franck hurle, rampe, le tueur le rattrape. Je ne peux pas intervenir, pas tout de suite. La plaie d'Élodie n'est pas totalement refermée…

Il plante son couteau dans le ventre de Franck, qui meurt presque instantanément. Le tueur est debout, haletant. Il admire la vie qui quitte sa dernière victime. Puis, il se tourne vers Élodie. Il envisage de l'achever, c'est certain. Mais je ne le laisserai pas faire. Cette fois-ci, la blessure est bien refermée. Avec la mort d'Alice et Franck, je gagne en puissance, je le sens. Alors de toutes mes forces, je retourne le couteau du meurtrier et le lui projette dans le ventre. Il semble surpris alors qu'il s'écroule au sol.

Je regarde la vie quitter ce grand frère que je n'ai pas connu, cet homme qui ressemble tant à mon père. Cet assassin qui a brisé tant de destins… Il s'écroule sur le sol, inconscient, son sang se répandant sur son sweat-shirt. C'est à ce moment précis qu'Élodie revient à elle. La jeune fille se relève dans la mare de sang qui tapisse le parquet de la salle à manger. En découvrant tous les corps autour d'elle, elle panique. Elle se lève d'un coup, dérape un peu sur le sang, remarque que le trousseau de clés du manoir est tombé de la poche du tueur. Elle le ramasse et court jusqu'à l'entrée du manoir. Je l'entends tourner la clé dans la serrure en pleurant. L'instant d'après, elle n'est plus là, me laissant seule avec tous ces cadavres…

Rendez-vous au chapitre 96 pour connaître la fin l'histoire.

95.

21 h 20 — Dans la salle à manger

La mort dans l'âme, je lâche la pauvre Élodie, dont le sang se répand à nouveau sur le sol. Mais il faut que je protège Franck ! Le tueur s'apprête à le poignarder et je parviens à dévier sa frappe avec la main. Assez pour que Franck lui assène un coup de batte de base-ball. Il manque sa cible, mais le tueur est par terre à présent. Franck se jette sur lui, le bloquant avec ses genoux et, de toutes ses forces, parvient à détourner le couteau. Il l'enfonce dans le ventre du tueur, qui hurle de douleur.

– Ça, c'est pour Alice ! lance le jeune homme.

Puis il retire le couteau, le regarde un instant de plus avant de l'enfoncer de nouveau, plusieurs fois, comme pris d'un élan meurtrier incontrôlable.

– Et ça, c'est pour Élodie ! Pour Bastien ! Pour Clara ! Pour Damien !

Il s'arrête alors que l'homme sous ses mains ne respire déjà plus. Il observe le couteau ensanglanté dans son poing et le laisse tomber au sol. Silencieux, soudain très calme, Franck se tourne vers Élodie. Malheureusement, la fillette a rendu l'âme. Je m'en veux terriblement, mais ce choix était impossible… Franck ferme les yeux, puis il caresse en sanglotant les cheveux d'Alice. Méthodique, il fouille les poches du tueur et en extrait le trousseau de clés des lieux. Le garçon se dirige alors, abattu, vers le hall d'entrée et quitte enfin le manoir de Malemort, seul…

Rendez-vous au chapitre 97 pour connaître la fin de l'histoire.

96.

Quelques jours plus tard

J'ai passé les jours qui ont suivi cette macabre soirée à me poser un grand nombre de questions. Pourquoi ai-je vécu tout ça, dans ma vie et après ma mort ? Pourquoi une personne a-t-elle survécu et pas les autres ? Pourquoi le monde dans lequel nous vivons est-il aussi injuste ? Et surtout, pourquoi suis-je encore là ? Je croyais être restée sur Terre, être devenue un fantôme parce que ma mission ici n'était pas terminée. Je croyais devoir résoudre le massacre sauvage de ma famille, je croyais devoir nous venger, je pensais qu'il suffirait de faire tout cela pour partir, enfin. Les rejoindre dans l'au-delà. Mais rien de tout cela n'est arrivé. Et je ne comprends pas pourquoi.

Ce matin, je ne sais plus depuis combien de temps les adolescents sont partis du manoir. La police est venue dans la nuit, sans doute alertée par les survivants. Une troupe d'hommes en uniformes, en combinaisons blanches, avec des masques et des lunettes de protection.

Un ballet d'ambulances et de voitures de police dans la cour du manoir. Je n'avais jamais vu cela depuis… depuis ma propre mort, quand nos corps ont été découverts. Là, ils ont emporté les dépouilles des adolescents et celle du tueur. Ils ont analysé minutieusement chaque détail, pris des photos, ils ont prélevé des indices, des empreintes, des armes du crime. Puis ils ont tout nettoyé, ça a demandé une journée entière. Et ils sont repartis. Depuis, je suis seule de nouveau, avec mes questions.

Alors que je rumine, deux voitures de police viennent de se garer dans la cour du manoir. Je me précipite à la porte d'entrée, barrée d'adhésifs jaunes interdisant l'accès, scellée à la cire par un document de « scène de crime ». Bien entendu, des badauds se sont pressés devant les grilles depuis cette nuit-là, mais aucun n'a pu pénétrer à l'intérieur. Aujourd'hui, les deux voitures de police sont très officielles, et je sens l'excitation monter en moi quand Élodie en sort. Elle va bien ! Elle est accompagnée d'une femme qui a la même crinière que Bastien et semble endeuillée. Je suppose qu'il s'agit de sa maman. Mais la jeune fille a le regard triste, fuyant.

Une femme en uniforme d'une cinquantaine d'années, les cheveux poivre et sel tirés en chignon, s'avance jusqu'à la porte d'entrée et prend la parole. La plaque qu'elle porte sur la poitrine indique « Commissaire Benton ».

– Bien, nous allons pouvoir commencer. Élodie, merci beaucoup d'avoir accepté de revenir ici. Je sais à quel point cela doit être dur pour toi. Mais nous avons besoin de reconstituer les événements précisément. Tu seras notre guide aujourd'hui. Si tu as le moindre problème, nous ferons une pause.

– Je vous ai dit que ma fille n'a pas prononcé un mot depuis le soir du drame, commente la maman. Vous n'en tirerez rien de plus aujourd'hui…

Pourtant la commissaire ne semble pas vraiment s'en soucier. Le groupe entre en silence dans le manoir avec les trois autres policiers. L'un d'eux prend des notes, un autre, des photos. Élodie marque un temps d'arrêt dans le hall d'entrée et regarde dans le miroir, comme si elle cherchait ma présence. Est-ce qu'elle la perçoit encore ? J'aimerais tant…

Le groupe se déplace et, petit à petit, reconstitue les événements. Tous les morts, les positions des corps, les causes de décès, les horaires. Ce n'est pas très précis, car visiblement Élodie n'a pas réussi à expliquer ce qui s'est passé en détail.

Mais une fois dans la salle à manger, les choses deviennent plus dures pour elle.

– Ici nous avons trouvé trois corps, précise la commissaire. Peux-tu nous expliquer ce qui s'est passé ? Qui a tué le meurtrier, si Alice et Franck était déjà morts ?

– C'est le fantôme… murmure Élodie.

Tout le monde reste interdit. La mère d'Élodie semble particulièrement agacée.

– Vous voyez, je vous l'avais dit. Ma fille a surtout besoin d'un suivi psychologique !

La commissaire acquiesce, et voir Élodie ainsi me brise le cœur. Finalement, tout le monde retourne dans le hall.

– Merci pour ton aide, conclut la commissaire. Tu as été très courageuse, tu sais. Malheureusement, nous ne comprenons toujours pas ce qui s'est passé et pourquoi Laurent Pozzini a commis ces meurtres.

À ces mots, tout le monde sort du manoir. Je reste seule un instant, les yeux fermés. Le meurtre de ma famille ne sera jamais officiellement résolu. Et la petite Élodie semble si perdue, si triste. Je sens bien qu'il serait temps pour moi de rejoindre l'au-delà, de quitter la Terre, mais… Et si la jeune fille avait encore besoin de moi dans les années à venir ? Je ne me sens plus attachée au lieu de ma mort comme avant. Je me sens seulement attachée à Élodie à présent. Je me jure de prendre soin d'elle, à ma manière. Elle, la seule survivante du double massacre du manoir de Malemort…

FIN

Bravo, tu as tenu bon dans cet urbex mortel… Mais n'hésite pas à tenter l'aventure une nouvelle fois en faisant des choix différents ! Peut-être arriveras-tu à sauver plus de membres du groupe cette fois-ci ?

97.

Quelques jours plus tard

J'ai passé les jours qui ont suivi cette macabre soirée à me poser un grand nombre de questions. Pourquoi ai-je vécu tout ça, dans ma vie et après ma mort ? Pourquoi une personne a-t-elle survécu et pas les autres ? Pourquoi le monde dans lequel nous vivons est-il aussi injuste ? Et surtout, pourquoi suis-je encore là ? Je croyais être restée sur Terre, être devenue un fantôme parce que ma mission ici n'était pas terminée. Je croyais devoir résoudre le massacre sauvage de ma famille, je croyais devoir nous venger, je pensais qu'il suffirait de faire tout cela pour partir, enfin. Les rejoindre dans l'au-delà. Mais rien de tout cela n'est arrivé. Et je ne comprends pas pourquoi.

Ce matin, je ne sais plus depuis combien de temps les adolescents sont partis du manoir. La police est venue dans la nuit, sans doute alertée par les survivants. Une troupe d'hommes en uniformes, en combinaisons blanches, avec des masques et des lunettes de protection. Un ballet d'ambulances et de voitures de police dans la cour du manoir. Je n'avais jamais vu cela depuis… depuis ma propre mort, quand nos corps ont été découverts. Là, ils ont emporté les dépouilles des adolescents et celle du tueur. Ils ont analysé minutieusement chaque détail, pris des photos, ils ont prélevé des indices, des empreintes, des armes du crime. Puis ils ont tout nettoyé, ça a demandé une journée entière. Et ils sont repartis. Depuis, je suis seule de nouveau, avec mes questions.

Alors que je rumine, deux voitures de police se garent dans la cour du manoir. Je me précipite à la porte d'entrée, barrée d'adhésifs jaunes interdisant l'accès, scellée à la cire par un document de « scène de crime ». Bien entendu, des badauds se sont pressés devant les grilles depuis cette nuit-là, mais aucun n'a pu pénétrer à l'intérieur. Là, les deux voitures de police sont très officielles, et je sens l'excitation monter en moi quand Franck en sort. Il va bien ! Mais le jeune homme est très marqué. Il a le regard fuyant, bas.

Une femme en uniforme d'une cinquantaine d'années, les cheveux poivre et sel tirés en chignon, s'avance jusqu'à la porte d'entrée et prend la parole. La plaque qu'elle porte sur la poitrine indique « Commissaire Benton ».

– Bien, nous allons pouvoir commencer. Franck, merci beaucoup d'avoir accepté de revenir ici. Je sais à quel point cela doit être dur pour toi. Mais nous avons besoin de reconstituer les événements précisément. Tu seras notre guide aujourd'hui. Si tu as le moindre problème, nous ferons une pause.

Il acquiesce, puis entre en silence dans le manoir avec les trois autres policiers. L'un d'eux prend des notes, un autre, des photos.

– On s'est d'abord arrêtés ici, commente Franck. Puis, on est tous allés dans la bibliothèque.

Le groupe se déplace, et petit à petit, reconstitue les événements. Puis tout le monde rejoint la salle à manger. Le moment que je redoutais le plus arrive. Ici, trois meurtres ont eu lieu.

– Nous avions attaché le tueur dans la cuisine, explique Franck. Mais il y a eu une explosion.

– Nous pensons à une fuite de gaz, précise la commissaire.

Franck acquiesce, même s'il sait comme moi la vérité à ce sujet. Mais il ne peut rien dire face à ces trois policiers. Mieux vaut mentir. Cela ne changera rien à la mort d'Élodie ou d'Alice…

– C'est vous qui avez poignardé le tueur, n'est-ce pas ? demande la commissaire. Cinq coups de couteau.

– C'était de la légitime défense.

La dame acquiesce, mais je sens une pointe de doute dans son regard. Comme si elle savait qu'il y avait plus que de la légitime défense. Mais comment blâmer un garçon qui venait d'assister à la mort de cinq de ses amis ?

Finalement, le groupe rejoint le hall d'entrée.

– Merci pour ton aide précieuse, conclut la commissaire. Tu as été très courageux. Mais le tueur étant décédé, Laurent Pozzini ne sera pas jugé, ni pour le meurtre de tes amis, ni pour celui, hypothétique, de toute la famille Dramont il y a vingt ans. Quant à toi, tu n'échapperas pas au procès pour l'homicide de Laurent Pozzini. Mais tu es mineur, et la légitime défense devrait jouer en ta faveur.

Franck acquiesce, puis son regard se lève vers le plafond, vers les murs de la pièce, comme s'il me cherchait du regard. Nous nous comprenons. Nous avons eu notre vengeance, et c'est tout ce qui compte.

Après cela, tout le monde sort du manoir. Je reste seule un instant, les yeux fermés. Puis, je sens que quelque chose m'appelle. Je sors sur le porche. Mais il n'y a rien ici. Les traces de pneus au sol sont les derniers vestiges du passage des vivants. Pourtant, je perçois comme une présence… familière. C'est là qu'ils apparaissent devant moi, dans le ciel gris d'automne, dans un halo doré éblouissant. Ma mère, mon père et mon frère.

– Il est temps que tu viennes avec nous, annoncent-ils d'une même voix.

Je leur tends la main et je disparais avec eux dans l'au-delà. Je ne sais pas si j'ai mérité le repos éternel. Mais le voici qui s'offre malgré tout à moi…

FIN

Bravo, tu as tenu bon dans cet urbex mortel… Mais n'hésite pas à tenter l'aventure une nouvelle fois en faisant des choix différents ! Peut-être arriveras-tu à sauver plus de membres du groupe cette fois-ci ?

L'AUTRICE

Née en 1991 à Avignon, Betty Piccioli vit près de Bordeaux. Grande lectrice d'imaginaire à l'adolescence, il lui faudra attendre la fin de ses études en sciences politiques, une décennie plus tard, pour achever son premier roman. Amatrice de littérature young adult, engagée pour l'écologie et le féminisme, elle puise son inspiration dans les récits de fantasy et les dessins animés de son enfance. Elle publie principalement des romans de littérature jeunesse et d'imaginaire et remporte en 2020 le Prix Imaginales des Écoliers pour *Panique à Gémelia* (Gulf Stream éditeur) et en 2021 le Prix Polar Margot pour *Qui a tué Luna San ?* (404 éditions). Elle se spécialise aujourd'hui dans l'écriture de livres dont vous êtes le héros.

PAPIER CERTIFIÉ

Cet ouvrage a été composé par IGS-CP
à L'Isle-d'Espagnac (16)

Cet ouvrage a été imprimé en Italie en mai 2023
sur les presses de Grafica Veneta (Trebaseleghe)
Dépôt légal : juin 2023
N° d'édition : 7971-01